CORÍN TELLADO

Quiero conocerte mejor

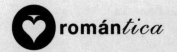

Título: Quiero conocerte mejor
© 1978, Corín Tellado
© De esta edición: julio 2004, Suma de Letras, S.L.
Juan Bravo, 38. 28006 Madrid (España) www.puntodelectura.com

ISBN: 84-663-0981-0
Depósito legal: M-27.437-2004
Impreso en España – Printed in Spain

Diseño de cubierta: Sdl_b
Fotografía de cubierta: © Dag Sundberg / Contacto
Diseño de colección: Suma de Letras

Impreso por Mateu Cromo, S.A.

10200 / 20

CORÍN TELLADO

Quiero conocerte mejor

1

Helen llamó a Mauren con voz opaca. La verdad es que Helen nunca gritaba.

Pero Mauren o estaba sorda o se lo hacía, que para el caso era igual.

—Mauren —insistió Helen—, hágame el favor de venir.

El viejo coronel retirado que descansaba apoltronado en el butacón no lejos del ventanal levantó, indolente, los lentes del periódico y contempló a la fámula llamada Mauren que en aquel instante limpiaba, o hacía que limpiaba, la repisa de la chimenea.

—Mauren —le siseó—, le llama la señora.

Mauren elevó los ojos.

Eran pardos, gatunos, maliciosos.

—¿Decía el señor militar?

—Que te llama la señora.

—¡Ah!, pues no he oído nada.

El coronel tenía sus dudas al respecto. Lanzó una mirada al fondo del salón y se topó con la pálida sonrisa del catedrático de Derecho Romano.

Hizo un gesto vago como diciendo que de la sordera de la criada dudaba él lo suyo. El catedrático le entendió o no, el caso es que continuó pasando las hojas de un grueso libro.

En aquel instante Sandra hizo su aparición en el salón. Miro a los dos huéspedes y saludó con una tibia sonrisa.

—Mister Brodin, Mister Gilbert... —después miro a Mauren—. ¿No has oído que te llama mamá?

—Hum —refunfuñó Mauren—, como nunca grita...

Cierto, Helen jamás gritaba. Era una gran señora. Había puesto aquella especie de fonda porque los ingresos no daban para mucho. Sandra estudiaba el último año de derecho y, aunque por las tardes trabajaba en el despacho de un notario, no era demasiado lo que ganaba, y entre aquello y su jubilación como esposa de un militar, sólo manteniendo unos cuantos huéspedes, podría, a la vez, mantener su hermoso palacete y el rango en que siempre había vivido.

—No es preciso que grite para que tú la oigas, Mauren —advirtió Sandra, dicho lo cual giró sobre sí, alejándose hacia el interior de la casa.

Mauren recogió el paño del polvo y se fue rezongando tras la joven.

Se fue a la cocina donde Helen, envuelta en un gran mandillón blanco, con sus modales pausados y señoriales, daba fin a la preparación del almuerzo.

—Será mejor que pongas la mesa, Mauren —advirtió, al ver llegar a la fámula—. La señorita Sandra ha ido ya a recoger las flores al jardín.

—No lo entenderé nunca —refunfuño Mauren—, poner flores en la mesa para gentes que casi no conocemos.

—Usted cállese y haga lo que le digo. Si algo me molesta son los comentarios indebidos.

Sandra entró cargada con un brazado de flores y ramas verdes. Silenciosamente preparó un búcaro y procedió a llenarlo.

Mauren fue a la alacena y empezó a sacar platos y cubiertos que iba amontonando sobre la mesa de la cocina.

—Se come demasiado bien —decía—. No lo entenderé nunca.

—Ésta es una fonda cara y, si se cobra caro, lógico es que se dé bien de comer —respondía Helen.

—Estuve en muchas fondas, pero jamás en una como ésta, donde hay tres huéspedes que parecen reyezuelos, de lo bien atendidos y mantenidos que están.

Helen no le hizo caso. Se notaba que estaba habituada a los comentarios de la criada. Dispuso las bandejas, la sopera, los postres y los vinos.

Después se despojó del delantal y quedó enfundada en un traje oscuro muy discreto, con una elegancia natural depurada.

—Proceda a servir, si es que han llegado los tres.

—Llevaré el ramo —intervino Sandra—. No, mamá, no han llegado los tres. Falta Mister Matanee.

La dama alzó los ojos hacia el reloj que había colgado en la pared de la reluciente cocina. Pero antes de que pudiera responder, lo hizo Mauren por ella:

—El Simon siempre llega más tarde.

—Mauren, se trata de Mister Matanee.

—Tiene un apellido difícil de nombrar —refunfuñó la criada.

—Pues aun así procura no llamarle por su nombre.

A todo esto, Sandra había salido y ponía en medio de la mesa del comedor, cubierta con un hermoso mantel de hilo, el ramo de flores. Contempló el efecto apartándose un poco y lo encontró bonito.

Después giró y se acercó a la ventana de la terraza, desde donde se divisaba toda la calle. Miró a los lejos. La clínica de Miller se hallaba ubicada

10

en mitad de la calle, y el letrero que la anunciaba sobresalía un poco.

Sandra suspiró y retrocedió sobre sus pasos justamente cuando la moto de Simon Matanee aparcaba junto a la verja.

Sandra, en vista de ello, no retrocedió. Se quedó donde estaba.

Era una joven esbelta y fina, de porte muy moderno. Tenía el cabello leonado y los ojos azules.

Contaría, a lo sumo, veintitrés años y resultaba de un atractivo raro, algo exótico.

—¡Buenos días, Simon! —saludó.

El aludido, que no la había visto, elevó su mirada. Era oscura como su pelo.

—Buenos días, Sandra —respondió.

Y cruzó a su lado, apresurado.

* * *

Según opinión de Helen, Mauren era demasiado ordinaria para servir la mesa, así que siempre lo hacía Sandra con su cuidado habitual, su aire sencillo y humilde, y aquella sonrisa que tanto cautivaba al catedrático y al militar retirado.

En cuanto a Simon, no se sabía jamás lo que pensaba. No era hombre hablador ni expresivo.

Siempre cerrado en sus cosas, en sus pensamientos. Jamás intervenía en la conversación que los dos señores mayores sostenían a la hora de la comida.

Sandra servía en silencio y sólo cuando le preguntaban esto o aquello, respondía con toda la discreción de que era capaz, y era capaz de mucha.

Desde que se hallaba allí de huésped, jamás había hablado doce palabras seguidas. Respondía a lo que le preguntaban más bien con evasivas y continuaba comiendo. Eso sí, pese a su profesión de practicante en la clínica de Richard Miller, era un hombre de cuidados modales, facciones como cuajadas en una amarga mueca, discreto y de tenue acento.

Allí los huéspedes, los tres que pagaban bien, fueron entrando por recomendación.

Un día la madre dijo a Sandra:

—O vendemos la casa o metemos gente que la mantenga. ¿Qué quieres hacer de ambas cosas?

—Si trabajando la podemos mantener —había respondido Sandra—, mejor será hacerlo.

—Hablaré con algunas amigas.

El primero en entrar recomendado fue el militar.

Después llegó el catedrático, también recomendado. Simon fue el último; hacía apenas un año.

A Richard Miller le conocían madre e hija, de siempre. Por haber vivido siempre en el mismo barrio. Poseía una clínica auxiliar y era lo que se dice un enfermero especializado. De modo que fue Richard el que recomendó a Simon, y la dama no tuvo inconveniente en admitirlo.

Era un hombre de unos treinta años, hermético, silencioso, nunca exigía nada, discreto hasta la exageración y con expresión como amargada en el fondo de sus negros ojos.

Cayó bien a los otros dos huéspedes, aunque Simon nunca hacía nada para caer bien o mal. Pero su discreción y sus prolongados silencios no molestaban a nadie, sino, por el contrario, le ayudaban a recabar simpatía.

En aquel instante, militar y catedrático se enzarzaban, entretanto comían servidos por Sandra, en una conversación política. Que si Nixon, que si Ford, que si Carter. De repente, el militar preguntó, mirando a Simon:

—¿Usted qué dice, amigo mío?

Simon no se había enterado de nada.

Así que respondió:

—¿Sobre qué, Mister Brodin?

—Usted siempre en las nubes.

Sandra vio cómo Simon hacía una mueca y tras una embarazosa pausa, continuaba comiendo.

—Hablábamos de política.

—No entiendo nada.

—¿No tiene usted ideales políticos?

—No, señor.

Sandra se alejó a buscar el segundo plato y no supo en qué quedó la cosa.

Al llegar a la cocina, su madre, que disponía las bandejas, murmuró:

—No permitas que Mauren asome por el comedor.

—Está arriba haciendo la limpieza. Está un poco atrasada hoy.

—Es lógico. El señor militar le da palique y ella que no se queda corta, cuando se mete en el salón, no acaba de salir. ¿Ha llegado Mister Matanee?

—Sí, mamá. Claro. No hubiera servido la mesa sin él.

—¡Qué hombre más raro! Nunca se sabe lo que piensa ni lo que siente.

Sandra no dijo nada.

Se fue con la bandeja y entró en el comedor cuando el militar y el catedrático continuaban debatiéndose en una discusión sin que Simon interviniera.

Sirvió en silencio y cuando se alejó para disponer el café, el militar dijo a media voz:

—Es una muchacha preciosa. ¿No se ha fijado usted, Simon?

El aludido volvió a elevar los ojos.

—No... No me di cuenta.

—Es raro en un hombre de su edad. Si yo la tuviese —decía el catedrático— andaría de cabeza por ella.

A lo cual respondió Simon, algo secamente:

—Yo no ando de cabeza, por nada.

El militar y el catedrático se miraron y tras una pausa, como si no hubieran oído a Simon, empezaron de nuevo a enzarzarse en política, esta vez exterior.

Simon siempre era el primero en terminar y como no tomaba café, pedía permiso para levantarse y se iba a su cuarto a descansar un rato, antes de volver a la clínica donde hacía las veces de ayudante sanitario.

Se topo en el pasillo con la joven.

Ella murmuró:

—¿Ya se retira, Simon?

Él la miro de modo algo más interesado.

—Voy a descansar un rato.

—Habrá mucho trabajo en la clínica.

—Mucho, sí.

—Todo el barrio acude allí a inyectarse o curarse cualquier cosa.

—De eso vivimos —contesto él, amable, pero bastante seco.

Sandra se ruborizó y continuó su camino, entretanto Simon se perdía escalera arriba hacia su cuarto.

Cuando Sandra, después del café, retornó a la cocina su madre comentó:

—No sé por qué intentas darle conversación. Ya sabes cómo es, Sandra.

—¿Es que has oído?

—Por supuesto.

—No lo entiendo. Tengo montones de amigos en la Facultad de Derecho y entre mis compañeros, en la notaría. Pero jamás tropecé con un tipo así…

—Será mejor que almorcemos nosotras. ¿Has dejado a Mister Brodin y a Mister Gilbert instalados en el salón tomando el café?

—Sí.

—Pues llama a Mauren que nos sirva en el comedor pequeño.

Todo esto ocurría cada día.

Por la mañana era Helen la que servía los desayunos, ya que Sandra se iba a la Facultad muy temprano. Simon nunca desayunaba en casa. Se iba casi a la par que Sandra, o más tarde, y desayunaba en la cafetería que había enfrente de la clínica. Por las tardes no volvía hasta las diez y comía con los otros dos en el comedor. A media tarde, cuando el militar y el catedrático tomaban el té, él nunca estaba.

A su regreso de la notaría, Sandra pasaba ante la clínica y siempre había luz, pero no veía a nadie desde la calle, salvo la cabeza de Simon inclinada sobre algo.

Trabajaba como un negro, eso es cierto. Pero nadie sabía de dónde había venido ni el tiempo que pararía allí.

2

Le producía una gran inquietud aquel Simon, de modo que como la joven no se andaba con chiquitas, al dejar la notaría pensó entrar en la clínica con el pretexto de extraer una espina que tenía introducida en un dedo.

Se topo sólo con Miller.

—¡Sandra! —exclamo aquél, riendo amistoso y considerado—, ¿qué te ocurre?

La joven miró en todas direcciones.

—Muy solo estás.

Miller se echó a reír.

Era un tipo alto y desgarbado. De unos cincuenta años. Sandra recordaba haberle visto allí desde que era niña y aún vivía su padre. Poseía aquella clínica particular y siempre tenía dos o tres auxiliares a su lado, como ocurría en aquel momento, sólo que era tarde y seguro que los ayudantes se habían ido, pero ella sabía que Simon jamás llegaba a casa antes de las diez, lo cual le hacía suponer que permanecería en la clínica.

—Si buscas a Simon…

—No le busco —se apresuró a decir.

El hombre le puso una mano en la cabeza.

—Simon siempre marcha a las ocho.

—¿Las ocho?

—Pues sí.

—A casa no va. Oye, Miller, ¿por qué nos lo recomendaste?

—Me pareció un buen chico, y me lo sigue pareciendo. ¿No te sientas, Sandra? ¿Quién iba a decir que aquella jovencita larguirucha iba a convertirse en una mujer espléndida como eres hoy? ¿Qué te ocurre?

Sandra no le dijo lo de la espina. En todo caso, se lo diría a Simon en casa y no tendría más remedio que atenderla.

—Mamá no admite huéspedes que no sean muy recomendados —insistió— y tú lo hiciste por Simon Matanee.

—No me arrepiento, Sandra. Es un muchacho callado e introvertido, pero nunca ha fallado en el trabajo. A decir verdad yo creo que es el mejor muchacho que tengo en esta clínica. Nunca protesta por nada y sus conocimientos son muy amplios.

—¿Adónde va, después de salir de aquí? Si dices que sale a las ocho y a casa llega a las diez, o más…

Miller se alzó de hombros.

—Yo nunca fiscalizo a mis muchachos. Dejan la clínica a la hora convenida y tanto si tengo mucho trabajo como si no, ellos se van y es lógico porque la clínica es mía, yo gano para mí y a ellos les pago un sueldo por horas. ¿Entiendes?

—Sí, pero…

Miller acercó su cabeza a la de la joven.

—Sandra, ¿quieres un consejo?

—Pues… —titubeó, temiendo que le diera el que ella no quería recibir.

—Olvídate de Simon. No es hombre al que se entienda. Es contradictorio, complejo y silencioso…

—¿Dónde le conociste?

—¿Yo? En ninguna parte; es decir, aquí. Un día llegó a esa puerta y dijo que si tenía trabajo para él. No mostraba títulos de nada. Dijo ser aficionado.

—Y tú le aceptaste.

—No tal. Yo dije que se pusiera a prueba y que, en todo caso, ya adquiriría el título de auxiliar si es que sabía. Tengo influencia. Y en Detroit buenos amigos. Así que le puse a prueba —se alzó de hombros—. En aquel momento andaba escaso de personal y cuando probé a Simon, me pareció que sabía mucho, aunque no tuviera título.

—Pero tú te exponías a mucho ya que podían multarte fuertemente por aceptar a un hombre que carecía de título.

—No tanto. Yo aquí, en el barrio, soy muy necesario. No hay otra clínica en muchas calles a la redonda y hasta a los guardias vienen aquí a curarse cualquier cosa, y si ocurre algún percance en sus casas, llaman aquí, y, en esta clínica, día y noche hay personal. Cada noche se queda uno de guardia. ¿No te fijas que el mismo Simon falta de tu casa dos veces por semana?

—Eso ya lo sé.

—Pues al cabo de los seis meses conseguí un título para Simon. Tenía el título de bachiller superior y no me fue difícil… Oye, Sandra, te conozco desde que eras así —y puso los dedos a la altura de su rodilla—, siempre os quise bien a tu madre, a tu padre, que en paz descanse, y a ti… —bajó la voz—. Aunque no quieras, te daré un consejo. Olvídate de Simon. Si quieres le aconsejo que se marche de vuestra casa.

La joven se estremeció.

—¿Por qué?

El hombre miró a la joven fija y quietamente.

—Se me antoja que te estas interesando demasiado.

—Soy una mujer, ¿no?

—No lo dudo. Y una mujer muy bonita. Pero Simon es como esto —y golpeó el suelo—. Nunca le vi alterarse, pero tampoco conmoverse. Hace curas milagrosas. Hace, te lo aseguro, verdaderas filigranas con el bisturí, pero eso no quiere decir que sea un hombre como los demás.

Ya lo sabía ella.

Es más, tantas veces trató de abordarlo en su casa, tantas recibió una seca respuesta. Ella no era una criatura idiota. Era toda una mujer y sabía lo que sentía por Simon.

—A veces pienso —continuaba Miller—, que es un tipo sin entrañas y otras me parece de una sensibilidad asombrosa, pero aún no supe con qué quedarme. El día menos pensado se irá como vino, digo yo… Y ahí te quedas. Y si os lo recomendé es porque él andaba de fonda en fonda y no paraba en ninguna, y eso le restaba agallas para trabajar bien. De modo que un día me acorde de vosotros y os lo recomendé. No creo que falte en nada. Se pasa de discreto.

—Ciertamente.

—Pues si te interesas personalmente por él, es mejor que lo olvides.

—¿Es casado?

—¿Y yo qué sé? —rió Miller, campanudo—. ¡Cualquiera sabe lo que es Simon! No habla dos palabras seguidas, así lo destripen. Trabaja, eso sí, como ningún otro. Mejor y más que nadie. Pero eso no quiere decir que sea muy claro, en cuanto a su vida pasada y futura. Ni siquiera sé nada de la presente, excepto que trabaja de firme y muy requetebién.

21

Suspiró.

—¿Sabe tu madre que te interesas por él? ¿Tanto chico como conoces y fuiste a enamorarte de Simon?

—No estoy enamorada.

—Pues tampoco estés intrigada. De la intriga al amor no hay más que un paso. Que no te llamen la atención por nada.

La empujaba blandamente y Sandra salió muy disgustada.

No sabía a ciencia cierta por qué.

Que Simon la intrigaba mucho, sí era cierto.

Se fue, y como aún era temprano se dirigió a la cafetería a tomar algo con el fin de hacer tiempo. Ella era la encargada de poner la comida, pero le daban la mesa puesta y todo en ella, menos las flores, aunque las tenía ya dispuestas porque usaba siempre las de la mañana para la noche.

Lo primero que vio al entrar en la cafetería, fue a Simon. Tenía una copa delante de sí y miraba en torno con sus ojos negros inexpresivos y su mueca dura en los labios.

Parecía estar solo y el caso es que estaba rodeado de gente.

Sandra, haciéndose la encontradiza, se dirigió hacia él como si fuera a pasar por su lado, pero de súbito hizo que lo veía y se detuvo.

—Simon… usted por aquí.

* * *

Él alzó la cabeza, sin prisas.

Vestía, como siempre, bastante desenfadadamente. Incluso parecía descuidado. Limpio, pero con la ropa no precisamente nueva.

Un pantalón de dril color azul, una camisa parecida y un suéter de cuello redondo por donde asomaba la camisa. Eso era todo.

Peinaba el cabello hacia atrás, sin agua ni goma, y le caía un poco hacia un lado de la frente.

—¡Hola! —saludó.

Y su voz era tan inexpresiva como su persona.

—Pasé por la clínica —dijo ella, deteniéndose— y no estaba usted.

—No.

Eso tan sólo.

Sandra no se dio por vencida.

—Iba a extraerme una espina que tengo en un dedo.

—¡Ah!

Pero no le preguntó si se la había extraído.

—Estaba Miller, tan sólo.

—Hoy hará guardia él.

Guardaron ambos silencio.

Un silencio embarazoso. La expresión de Simon parecía indicar que siguiera su camino.

Pero Sandra no la *entendió*.

—Voy a tomar algo —dijo ella, apoyándose en la barra cerca de Simon.

Él lanzó una mirada a su reloj de pulsera.

—Ya es tarde.

—¿Lo dice por usted o por mí?

—¿Por usted? —preguntó él, asombrado—. ¿Y quién soy yo para decir por usted?

—¡Ah!

—Lo digo por mí.

Y bebió lo que quedaba en el vaso.

Sandra se dio cuenta de que, como siempre, él no aceptaba la conversación. Hacía un año que ella se hacía la encontradiza por todas partes.

En casa, fuera, donde quiera que Simon estuviese.

Pero casi siempre obtenía la misma sequedad, brevedad e indiferencia.

—Yo ya me marcho —le dijo él—. ¡Buenas noches, Sandra!

—¡Si voy de camino con usted!

Él no parecía oírla.

Tan discreto, pero resultaba mil veces maleducado.

Así que agitó la mano y dijo:

—Usted va a tomar algo…

Se alejó a paso ligero.

Sandra se movió en el rincón donde estaba, dispuesta a salir en su seguimiento, pero se contuvo.

No pidió nada. Cuando el camarero se le acercó, se alejó sin decir palabra.

Al llegar a su casa, ya Simon se hallaba sentado en el salón, solitario, con un periódico ante los ojos.

El militar y el catedrático discutían para no variar, e intentaban meter a Simon en la discusión, pero todo empeño era vano. Simon leía, o hacía que leía, y sólo cuando ella entró, alzó un segundo los ojos, la miró y volvió a su lectura.

Sandra entró en la cocina y dijo a su madre:

—Tengo una espina en un dedo.

—¿Y eso?

—Pues no sé.

—Ve a la clínica a sacártela.

No le dijo que ya había estado allí.

En cambio, sí dijo:

—Le pediré a Simon que me la extraiga.

—¿Cuándo?

—Después de comer. Ahora voy a cambiarme los pantalones por unas faldas y serviré la mesa.

Cuando se dispuso a servirla ya los tres hombres se hallaban sentados a la mesa. Pero si bien el militar y el catedrático se hallaban enfrascados en una entretenida conversación, Simon parecía a mil leguas de distancia.

Sandra les sirvió en silencio y cuando Simon, sin tomar el café, como hacía siempre, se levantó, le atajó el camino en el pasillo.

—¿No podría extraerme la espina? —preguntó ella.

Simon la miró, desconcertado.

—No tengo instrumentos.

—Con una aguja desinfectada...

Lanzó sobre ella una mirada aviesa y dijo:

—Vaya mañana por la clínica.

—Pero...

—Lo siento.

Y siguió su camino en dirección a su cuarto.

3

Pero Sandra no se dio por vencida.

Recogió la mesa, apagó todas las luces y comió con su madre, pensando que, una vez todos retirados, llamaría a la puerta del cuarto del huésped.

—¿A ti qué te parece Simon, mamá? —preguntó, cuando ambas estaban comiendo, no lejos de la cocina donde Mauren fregaba y recogía todo.

—Enigmático.

—Y misterioso.

—Es posible.

—¿Por qué nos lo habrá traído Miller?

—Olvídate de eso, Sandra —recomendó la madre, preocupada—. Simon paga bien, como todos. Nosotras no podríamos mantener huéspedes que no pagasen. No da la lata. Es silencioso, de acuerdo, no da confianza a sus compañeros, no se mete en nada. ¿Qué más podemos desear?

Mucho más.

Al principio a ella no le llamó la atención.

Era un hombre atractivo. Pero tan seco, que pasaba inadvertido.

Fue después, a medida que pasaba el tiempo y Simon se mantenía en la misma línea distante. Por otra parte, le parecía que bajo la mirada oscura de sus ojos se ocultaba una terrible amargura.

—Miller no sabe apenas nada de él.

—¿Por qué te metes en esas cosas?

—¿Qué cosas?

—En preguntar a Richard...

—Es nuestro amigo, ¿no? Me saca de quicio tener en casa una persona tan poco humana.

—No entiendo por qué dices eso. Es lo bastante humana para ser correcta.

—Pero no hace comunidad con los demás.

—Sandra —reconvino la madre—, olvídate.

Como si fuera fácil.

Comió en silencio y después se despidió de su madre.

Anduvo por la casa, tan inquieta como andaba siempre cuando deseaba hacer algo y no sabía cómo abordarlo.

Así que se fue al comedor y entre dos dedos aplastó el ramo de un rosal lanzando un ahogado ¡ay!

Se había clavado la espina.

Encendió una lámpara de pie y contempló el dedo.

Lo tocó con otro y sintió un profundo dolor.

Sonrió, triunfal.

No es que ella fuese una coqueta sin sentido. Ni una frívola muchacha despreocupada, pero había cosas que clamaban al cielo y una de ellas era el hermetismo de aquel huésped de su casa.

¿Por qué no tenía que ser un hombre afable y normal como los demás?

Todos se habían retirado, de modo que subió los seis escalones que le separaban del pasillo superior y lo recorrió a tientas.

Un haz de luz asomaba por debajo de la puerta del cuarto de Simon.

Se hizo la tonta y llamó, con los nudillos, en la puerta.

—¿Quién es? —preguntó la voz ronca de Simon.

Sandra no respondió en seguida. Pero luego, al rato, dijo:

—Soy yo.

Un silencio.

Después oyó pasos y se abrió un poco la puerta.

Aún estaba vestido.

—¿Qué ocurre, Sandra?

—Mire.

Y mostraba el dedo.

Simon no miró el dedo, miró los ojos femeninos.

—¿Qué se ha propuesto usted?

—Que me saque la espina.

—Ya le he dicho que en la clínica, mañana…

—Me duele mucho.

—Voy en seguida —dijo, tras una pausa—. Espéreme en el salón.

—Puedo entrar…

Él le cortó con un agrio gesto:

—En la alcoba de un hombre no puede entrar una joven.

—De acuerdo. Perdone. Le espero en el salón.

Simon cerró y Sandra, molesta, se fue al salón rezongando algo entre dientes.

Encendió de nuevo la luz de la lámpara de pie y quedó erguida esperando.

Era esbelta y bonita. Sandra se preguntaba si él no se habría dado cuenta y se preguntaba por qué quería saberlo.

Pero quería. Eso era todo.

Al rato lo vio llegar con una cartera bajo el brazo.

—Muéstrame el dedo —pidió.

Sandra lo hizo. Él asió aquel dedo entre sus manos y presionó un poco, con lo cual la joven lanzó un gemido.

—Esto no es nada. Una nueva presión y la espina saldrá sin más complicaciones.

—¿No se infectará?

La miró desconcertado.

Pero, sin comentarios, hizo una nueva presión y la espina salió disparada.

—Ya está. ¡Buenas noches!

* * *

Sandra se le puso delante cuando él hizo intención de salir.

—Simon, ¿es usted descortés porque quiere, o porque no sabe ser de otra manera?

—¿Importa mucho?

—Yo creo que sí. Es joven, está solo y parece no aceptar la amistad de nadie.

—Es que es así.

—¿Así?

—¿Puede alguien censurármelo?

Sandra se desconcertó.

—No, pero permítame que le diga que es raro.

—Bueno. Puede que lo sea.

—¿Tampoco le interesa saber por qué le considero raro?

—No.

—Lleva un año en mi casa —insistió Sandra, molestísima— y parece que desconoce usted a todos los que conviven a su lado.

—No me interesa mayor intimidad.

—¿Cómo debo de entender eso?

—Como guste.

—Es usted descortés.

—Tampoco me interesa, ni me importa que así lo considere.

E iba a pasar de nuevo.

Pero Sandra era terca y se había propuesto penetrar algo en él.

Dio un paso de lado y se plantó de nuevo ante Simon.

Él la miró de una forma extraña. Se diría que entre sarcástico y dolido.

—Sandra —dijo, y su voz cobraba una intensidad rara—, váyase a la cama y déjeme a mi irme a la mía. Le he extraído la espina. ¿Qué otra cosa puede interesarle de mí?

Era extraño el acento de su voz.

Casi cálido.

Sandra se estremeció.

Se preguntó, inquietísima, qué ocurriría si aquel tipo en vez de parecer áspero, fuera amable y atento.

Un poco asustada de sí misma quedó erguida ante él.

Inesperadamente, Simon le puso las dos manos en los hombros y la miró a los ojos, con desconcertante expresión.

—Sandra, aléjese de mí. ¿Qué cosa puedo ofrecerle? Ni siquiera mi amistad. No soy sociable.

Ella respiró hondo.

—¿Porque no puedes o porque no quieres?

Súbitamente, él la soltó.

Giró sobre sí y quedó de espaldas.

El tuteo, sin duda, había producido en él encontradas sensaciones.

—Por ambas cosas —dijo—. Es mejor para ti.

Aceptaba el tuteo.

Sandra pensó si estaría en un camino resbaladizo.

No era una cría absurda. Cursaba el último año de Derecho y tenía contacto con los hombres; el suficiente para saber, casi, cómo eran.

Y si aquél le llamaba la atención era, sencillamente, porque hacía un año que estaba pasando ante ella ignorándola.

Lo cual no era grato para una mujer, máxime para ella que era comunicativa, humana y razonadora.

Y muchas cosas más que, por lo visto, ignoraba aquel hombre.

—La próxima vez que te claves una espina —le dijo de modo raro—, es mejor que vayas a la clínica… No vuelvas a mi cuarto a despertarme. Puedo ser un huésped de tu madre y respetarte a ti mucho, pero no por ello dejo de ser un hombre y tú una mujer. Y si no te lo he dicho hasta ahora, en este instante te lo digo; una mujer muy hermosa.

Sandra dio la vuelta en torno a él y le miró, descarada.

—¿Es por eso?

Él pareció asombrarse:

—¿Eso, qué?

—Que huyes.

—¿De ti?

—Y de todo lo que te acerque a una muchacha.

—Dejemos eso, ¿quieres? Seamos lo que fuimos hasta ahora.

—Nadie te pide nada concreto. Pero me saca de quicio tu tesitura.

Cosa rara. Él, en vez de estirarse, parecía menguarse.

Y la sombra de amargura que presidía sus ojos se acentuaba. Tanto es así, que Sandra, súbitamente, se acercó a él.

Era más baja.

Frágil, bonita. Casi quebradiza, por su inmensa feminidad.

—Simon, te he lastimado —dijo, quedamente—, y no sé por qué.

Él sacudió la cabeza.

—Buenas noches, Sandra.

—¿Así?

—¿Cómo…, así?

—Sin amistad. Piensas que intento provocarte.

Otra vez la sombra amarga en los negros ojos.

Y su voz más ronca:

—¿No es así, Sandra? Si lo es, por favor…, déjame pasar a tu lado y no te metas conmigo. Déjame vivir como vivo. Sin más…

—Se diría que todo te lastima.

—En cierto modo.

Y pasó ante ella, más encogido que tieso.

Pero Sandra, conmovida y no sabía por qué, le gritó ahogadamente:

—¡Simon, no intento provocarte…! Sólo deseo ser tu amiga…

Él la miró desde el umbral.

Sin odio, sin rencor, sin deseo, con angustia.

—Gracias, Sandra.

—¿Amigos?

No dijo nada.

Pero dio una cabezada.

Después se fue.

Al día siguiente, Sandra creyó que, al verla, al menos le sonreiría, pero Simon pasó a su lado como cualquier otro día diciendo, simplemente, serio y grave:

—¡Buenos días, Sandra!

4

Simon llegó a la hora de siempre.

Era sábado y aunque no había trabajado por la tarde, no había vuelto a casa. Andaba de un lado a otro como hacía siempre. Sin detenerse en un lugar determinado.

Como si escapara de todo y de todos.

Entró en el salón y oyó la conversación que sostenían el militar y el catedrático:

—No ha sido posible. Claro, hoy sábado... Todo el mundo se va al campo. Detroit es como un hormiguero en esta época y la gente escapa.

Simon no dio importancia alguna a lo que hablaban.

Fue a su rincón después de dar las buenas noches y esperó a que pusieran la comida.

Y Sandra los llamara al comedor.

Pero apareció Helen.

—Pueden pasar.

—¿Cómo está la chica, señora Helen? —preguntó el militar.

—No sé. Tiene mucha temperatura… Se puso así, de súbito. Ya se sentía algo mal al mediodía, después se acostó y la fiebre empezó a subir.

—Es que debiera de haber una clínica de guardia.

—Estuvo a verla Miller. Pero… que no puede decir nada concreto.

Simon agudizó el oído.

—Es difícil, hoy, encontrar un médico en casa. Pero si usted lo desea, yo mismo saco el auto y la llevo al hospital.

En aquel momento, Simon encontró los ojos de Helen fijos en él.

—Es que Sandra está enferma —le explico Helen—. Andamos buscando un médico, pero hoy sábado no hay ninguno disponible. Creo que si dentro de una hora no le baja la temperatura con el «Piramidón» que le di, la llevaré al hospital.

—Lo siento —dijo Simon.

—¿No entiende usted nada de estas cosas? —preguntó el militar—. Al fin y al cabo, es usted sanitario…

Simon hizo un gesto vago.

Pero no respondió. Empezó a comer y oyó la conversación que sostenían sus compañeros de mesa.

—La señora Helen está enormemente disgustada. ¿No tiene usted un médico amigo, Sylvester?

El catedrático dijo que sí, pero que todos los amigos que tenía poseían casa en el campo y se habían ido a pasar allí el fin de semana.

—No sé el teléfono de ninguno de ellos. Ni siquiera dónde están situadas sus casas de campo. Los conozco del círculo o del club.

—Pues estamos listos. Helen está pasando un rato fatal. Yo también conozco uno, pero los fines de semana se va fuera, como casi todo el mundo que posee casa en el campo. La gente está deseosa de naturaleza, y Detroit es como una nube de polución de la cual todo el que puede quiere escapar.

Helen apareció con los postres.

Miró a los tres hombres.

—No ha bajado la temperatura. Creo que voy a enviarla al hospital. Lo peor es que tendrán que quedar ustedes solos… No sé como van a arreglarse. Yo me iré con mi hija. Voy a pedir una ambulancia.

Simon se levanto inesperadamente:

—Señora, ¿quiere que la vea yo?

Helen lanzó sobre el una mirada dubitativa.

—La ha visto ya su jefe…

—No podemos diagnosticar, puesto que somos auxiliares sanitarios, pero… veré si se puede hacer algo.

Como Helen dudaba, los otros dos la animaron:

—¿Por qué no, señora Helen? Simon está muy habituado a ver enfermos.

Si no lo dudo, pero lo que yo no quiero es forzarlo.

—No me fuerza —dijo Simon—. Voy porque quiero ir… No podré hacer nada, pero… una orientación…

—Vamos, pues.

Seguido uno del otro, salieron del comedor. Helen iba diciendo a Simon:

—No quisiera molestarle.

—No es molestia.

—Pero…

—No podré hacer gran cosa, mas… lo intentaré. ¿Desde cuándo está así?

—Desde esta mañana.

—¿Cómo empezó?

—Con escalofríos y tos… Y un dolor en la espalda.

Simon frunció el ceño.

—¿Dónde anduvo, ayer?

—No lo sé. Ella va a clase todos los días, por la mañana, y por la tarde, como usted sabe, trabaja en una notaría… No se abriga demasiado y aún, cuando se inicia la primavera, en las noches no hace calor y como regresó tarde… Pase, pase —y después—: Sandra, Simon viene a verte.

Sandra no daba pie con bola.

Se hallaba tendida en la cama con los cabellos empapados, metida en un pijama azul y llena de sudor.

Ni siquiera abrió los ojos, al sentir la voz de su madre.

Simon, de pie, la contempló pensativo.

Después, inesperadamente, dijo:

—Aguarde. Voy a mi cuarto a buscar con qué auscultarla.

Al segundo estaba de regreso y, sin decir palabra se sentó en el borde de la cama y se dispuso a auscultarla. La fiebre era mucha y Sandra no se enteraba de nada.

Cuando Simon elevó los ojos hacia la mirada interrogante de la dama, dijo únicamente:

—Si no le importa, voy a salir a la farmacia.

—¿Qué tiene? ¿Qué cree usted que tiene?

La palabra de Simon fue rotunda y segura:

—¡Pulmonía!

—¡Oh…! La enviaré al hospital.

—No se lo aconsejo, ahora.

—Pero… ¿cómo voy a dejarla así?

—Puedo equivocarme. Al fin y al cabo… no soy médico…, pero si usted me lo permite, voy a tratar de despejarla… Después, todo será más fácil.

Salió sin esperar respuesta y Helen bajó de nuevo al comedor comentándolo con los dos huéspedes.

—Déjelo usted —decía el militar—. No será médico, pero tiene aspecto de listo.

—No obstante... tengo miedo. ¿Y si se equivoca?

—Que es posible —aceptó, el catedrático—, pero, al menos, este tipo de hombres que andan todo el día entre enfermos, tienen su andadura y su sabiduría aunque sea un poco burda. Ahora mismo no puede moverse Sandra, y siendo así, mejor es que aceptemos la situación de Simon, o que Simon plantea.

Helen tenía sus dudas.

Al fin y al cabo, aquel joven no era más que un auxiliar y poco o nada podía saber él de enfermedades internas. Podía curar heridas y diagnosticar un dolor de muelas, pero una pulmonía ya le parecía más difícil.

—Veamos lo que va a hacer —dijo el militar—. No creo que se meta a curandero si no sabe curar.

—Pero si es una pulmonía...

—Hoy, eso es como un catarro.

Helen no las tenía todas consigo.

Cuando vio regresar a Simon con una caja de inyectables se adelantó hacia él, preguntando anhelosa:

—¿Qué va a hacer?

—Lo primero pincharla y velarla toda la noche. Si usted me lo permite, claro.

—Pero...

—Yo no tengo ninguna seguridad en lo que digo. Ni elementos para justificarlo, pero sí la prepararé para enviarla, mañana, al hospital.

Como viera duda en los ojos de Helen, se menguó, diciendo con titubeos:

—Si usted no quiere…

—No queda otra alternativa —intervino el viejo militar—. Proceda, Simon, Helen convénzase de que algo hay que hacer.

* * *

Simon se fue a la habitación de Sandra y, mudamente, hermético, en aquel hacer suyo entre amargo y penoso procedió a pinchar a Sandra que no se movió siquiera. Después se sentó a su lado en una butaca y con el pulso de la joven entre sus dedos, pasó sus buenos minutos. Pidió agua fría con vinagre y empezó a ponerle paños fríos en la cabeza.

Helen, disgustadísima, tan pronto estaba en la alcoba como bajaba al salón a hablar con sus huéspedes que no se habían retirado.

Fue una noche inmensamente larga para todos.

El militar se fumó varias pipadas. El catedrático dio mil paseos por el salón y Simon vio llegar el amanecer sin moverse del lado del lecho.

A las doce horas le puso otra inyección y continuó con los paños fríos en la cabeza.

—Está usted rendido, Simon. Permítame hacerlo yo, ahora.

—No se preocupe por mí. Estoy habituado a velar enfermos.

Helen se fijó en su habilidad.

Sin duda se comportaba como un médico. Tan pronto le miraba la tensión arterial, como la auscultaba, como le tomaba el pulso. Al amanecer, Sandra respiraba mejor. No tenía tanta fatiga y abría y cerraba los ojos y hasta hubo ratos que dormía apaciblemente.

—Creo que el peligro está pasando —dijo Simon, a las ocho de la mañana, estirándose un poco—. De todos modos, hoy domingo será como ayer sábado. No encontrara médicos, pero ya podrá llevarla al hospital.

—Si ha mejorado…

—Sí, sí, pero yo no quiero esta responsabilidad.

—No obstante, usted acertó, ¿no?

—No lo sé.

Y ya, con la fuerza del día, no parecía tan diligente ni preocupado por la enferma. Se diría inquieto, y más acentuada la amargura de sus ojos.

—Será mejor que no mencione lo que yo dije que tenía. Espere a que diagnostique un médico, en el hospital.

Como Sandra dormía, Helen lo invitó a un café, en el salón.

Allí estaban aún el militar y el catedrático.

—Pero, ¿no se han acostado?

—Pues —se disculpó el catedrático, corroborado por el militar— al fin y al cabo, Sandra es para nosotros algo muy importante —miraron a Simon—. ¿Cómo va eso, Simon?

El aludido ya no parecía amable.

Sino áspero y frío.

—En el hospital lo dirán. Es mejor que llamen a una ambulancia.

—¿Por qué? Si está mejor…

—Aun así —y yéndose hacia la puerta—. Con su permiso me marcho a tomar un café.

—Si lo voy a servir yo, Simon.

—Señora, perdone… Pero he de salir un rato. Me ahogaría, aquí.

Se fue.

Los tres quedaron algo cortados.

—Es raro —dijo el militar—. Nunca lo entenderé. Un año viviendo junto a él y sigo sin entenderle.

—Ayer se comportó como un ser humano —dijo el catedrático—, pero ahora vuelve a ser como era antes. Yo tampoco lo entiendo.

—Sandra duerme. Le ha bajado la fiebre. ¿Qué haré? ¿Enviarla, realmente, al hospital?

—Yo creo que no —dijo el militar—. Si Simon acertó…

No la enviaron al hospital, así que cuando Simon regresó de tomar el café se topó con Helen en el salón, pues los otros dos se habían retirado a descansar un rato.

—Simon, no pienso enviar a Sandra a un hospital.

—Hace usted mal.

—Pero es que ahora no tiene fiebre y duerme.

—Aun así —dijo Simon, desabrido.

—¿No sube usted a verla?

—No le corresponde la inyección hasta las diez de la mañana.

—Simon…

No quería que le hablase más del asunto. Prefería que aquello lo llevara un médico o metieran a Sandra en un hospital. Por eso intentó pasar ante Helen, pero ésta lo asió por un brazo y lo retuvo. Simon no la miró enseguida. Cuando lo hizo tropezó con la mirada anhelosa de Helen.

—Suba a mirarle la tensión arterial… Simon.

—Le digo que yo…

—Se lo suplico.

Fue de mala gana y lo hizo. Todo marchaba bien. La fiebre había cedido y Sandra dormía plácidamente. De modo que Simon dijo, de cierto mal talante, en particular poco amable:

—Me voy a descansar un rato. Si ocurre algo, llámeme.

No ocurrió nada.

A las diez apareció Simon con el inyectable preparado.

Inyectó a Sandra y ésta continuó sumida en un plácido sueño.

A media mañana, cuando Simon no había salido aún de su cuarto, apareció Miller, preocupado, y se entrevistó con Helen en el salón.

Helen le refirió lo ocurrido y Miller asintió con dos cabezaditas, comentando:

—Ese Simon vale mucho. Sabe tanto como un médico.

5

Sandra no fue enviada a un hospital. Cuando al día siguiente la visitó el médico de cabecera, tras una auscultación concienzuda, preguntó a Helen:

—¿Qué hicieron aquí? ¿Quién puso fin a la temperatura? En efecto —añadió, sin esperar respuesta—, tiene una soberbia pulmonía, pero completamente superada. Helen, ¿quién la inyectó?

Helen recordó la recomendación de Simon, el cual, dicho sea de paso, una vez superada la fiebre, parecía olvidado de lo que había hecho.

—Un joven de la clínica de Miller.

—Pues acertó perfectamente en el antibiótico. Que guarde reposo, que no coja frío, pero la enfermedad ha superado la gravedad. Que continúe con el tratamiento —lo miraba cuidadoso—. Las grageas y las mismas inyecciones. Una cada doce horas... —y riendo comentó—: El día menos pensado, esos chicos de Miller nos quitan a todos los médicos de en medio. Felicite usted a Miller.

Helen no le dijo que no había sido Miller, pero sí procuró ver a Simon a solas cuando llegó al mediodía.

—¡Simon, gracias por lo que ha hecho! —y le refirió cuanto dijera el médico.

Simon hizo un gesto vago y miró la hora.

—Le toca la inyección. ¿Está despierta?

—Sí.

Y como Simon iba tras ella, Helen le preguntaba:

—Simon, ¿desde cuándo anda usted en esta profesión?

—No hice otra cosa en mi vida.

—¿Ha diagnosticado muchas enfermedades?

—Ninguna.

Helen se volvió en redondo.

—¿Ninguna? ¿Y cómo acertó usted con mi hija?

—Elemental... A fuerza de ver enfermos —y bajo, de modo raro—: No me nombraría usted con el doctor —y a modo de justificación, añadió—: A los médicos no les gusta que los auxiliares se metan en su terreno.

—No obstante tuve que decirle que recurrí a un muchacho de los de Miller.

—No le habrá preguntado por quién.

—No.

—Gracias.

Y caminó aprisa.

Al llegar al cuarto vio a Sandra tendida con los ojos abiertos, fatigada aún, pero sin temperatura.

—Simon —dijo ella, como si no entendiera nada.

La madre se lo explicó:

—Como era sábado y no había nadie, ni el domingo tampoco, te atendió Simon.

—Gracias, Simon —dijo ella, fervorosa.

Pero Simon no respondió. Preparaba el inyectable, y cuando llegó junto a la cama, le pidió que levantara las ropas del lecho y bajara un poco el pijama para inyectarla en la nalga.

Así lo hizo Sandra.

No sé quién llamó a Helen en aquel instante y como Simon se iba a incorporar, Sandra le asió de la mano.

—Simon… me has curado tú.

Él entrecerró los ojos.

—Olvídalo.

—¿Puedo?

—Supongo que es fácil.

—Simon, eres arisco unas veces y otras no. Yo no te entiendo.

Simon se desprendió de ella y se fue al otro extremo de la alcoba a dejar la aguja hipodérmica y todo lo demás.

—A la noche —dijo— volveré. Ahora voy a almorzar.

—¿No te sientas, un poco, a mi lado?

No quería.

Aquella joven le conmovía mucho.

No estaba él para aceptar tales situaciones.

—Me es imposible.

—¿Sabes lo que pienso?

Prefería ignorarlo.

Era sensible y femenina y… y…

—Simon, tú sabes lo que siento.

Sacudió la cabeza.

Seguía prefiriendo ignorar.

Pero Sandra era así. Sencilla y comunicativa.

—Me estoy enamorando de ti, Simon.

—¡Oh…! ¡Qué tontería!

—No soy una niña de teta, Simon —dijo Sandra, ahogadamente—. Sé bien lo que me pasa. No sé si es tu desdén o tu falta de familiaridad. El caso es ése.

—Se te pasará.

—¿Y tú? ¿Qué sientes tú?

Simon parpadeó.

No era de hierro. Y el hecho de que lo amase una joven como aquélla le sacaba de quicio por un lado, y por otro le complacía hasta estremecerlo.

La miró de una forma rara. No se sabía qué expresaban sus ojos. Si complacencia o pesar.

—Eres una niña —dijo, de mala gana.

—De veintitrés años —replicó ella, dulce-
mente.

Simon alcanzó la puerta y se fue a paso largo.

* * *

No se lo dijo a su madre.

Pensó que tal vez aquélla no entendiera lo que
le ocurría.

Pero ella no era una visionaria y sabía ya a
qué atenerse con respecto a sus sentimientos hacia Simon.

Por eso, durante toda la semana y cada vez que
él iba a ponerle la inyección, le decía quedamente:

—Simon, ¿qué cosa sientes tú?

Simon nunca respondía. Trabajaba en silencio, delicado y cortés, pero sus ojos eran todo un
poema de ansiedad e indefinible expresión.

Fue aquel último día. Sandra ya se levantaba
y andaba por la alcoba en pijama y en bata.

—Tal parece que tienes a menos lo que siento por ti.

Simon nunca dio pruebas de un temperamento
fuerte y emocional.

En cambio, aquel día le asió el mentón y le dijo roncamente:

—¡Cállate!

—¿Te ocurre a ti?

—Te digo…

No dijo nada más.

Así como la tenía, con la cara levantada hacia él, la besó en plena boca con sus labios ávidos y abiertos. La besó mucho. Fue como si estallara un fogonazo y todo lo frío que parecía existir en Simon estallara en una llamarada.

Sandra se pegó a él y alzó los brazos, de modo que rodeó con ellos el cuello de Simon, y cuando éste dejó de besarla en la boca sus labios resbalaron hacia la garganta femenina y se perdieron allí ansiosos y, a la vez, contenidos.

Después, con la misma brusquedad, la soltó.

—¡Simon, me amas!

La sombra de amargura bailoteaba por sus ojos. Se atisbaba claramente en ellos.

—Simon… ¿Qué te pasa?

—Olvida todo esto.

—¿Se puede? —gritó Sandra.

—Tienes que poder.

Y salió de la alcoba, sin esperar más.

Al día siguiente, y sin volver a ver a Simon, pudo bajar al salón.

Todos celebraron su regreso a la vida cotidiana. El catedrático con sus bromas arcaicas, el militar con las suyas, algo amargas.

Simon no estaba, ni acudió aquel día a comer. Cuando le esperaban su madre advirtió:

—Llamó Simon, que no puede venir.

¡Mentira!

Escapaba.

Pero, pensaba ella, ¿por cuánto tiempo?

Como no pudo salir se aguantó, y dominó como pudo su ansiedad.

Se retiró temprano y cuando su madre pasó a verla le dijo que Simon había preguntado por ella.

—¿Ha venido a comer?

—A comer, sí. Pero se ha retirado en seguida a su cuarto.

«Iré a verle», se dijo. «Tan pronto se hayan retirado todos, iré.»

—¿No te has desvestido aún? Debieras de estar ya en la cama, Sandra —decía su madre—. No estás recuperada del todo. Y pensar que te curó un sanitario auxiliar…

—Voy a estudiar un rato —le explicó Sandra, mintiéndole—. Mañana he de volver a la facultad y tengo más de quince días de atraso.

—Ya te darán los apuntes…

—Ya me los enviaron —en eso mentía—, y tengo que estudiarlos, y sabes muy bien que en cama no puedo.

La dama le dio un beso, las buenas noches, y se retiró a descansar.

Sandra atisbó todos los ruidos de la casa. Conocía las lentas pisadas del militar cuando subía a su cuarto y las del catedrático cuando se iba al suyo. Los sintió a ambos y también a Mauren irse rezongando para no variar de costumbre. Luego oyó a su madre apagar las luces y cerrarse en su alcoba.

Aún esperó.

Sentada en el borde del lecho enfundada en unos pantalones de fina tela veraniega, ajustados en las caderas y acentuando su delgadez, una camisa a cuadros sin mangas y por fuera del pantalón, tipo casaca. Calzaba mocasines semialtos y el cabello lo peinaba liso y sin horquillas cayéndole un poco hacia la frente.

Cuando le pareció que todo el mundo estaba acomodado en sus respectivos dormitorios e incluso lechos, se levantó y atravesó el cuarto.

Salió al pasillo.

Era, por lo menos, la una de la madrugada y aún, había luz por debajo de la puerta del cuarto de Simon, lo cual le hizo pensar a Sandra qué haría Simon todas las noches levantado y con luz hasta bien entrada la madrugada.

Era un tipo enigmático.

Pero había algo que estaba claro dentro de su mismo hermetismo.

La amaba. Correspondía a sus sentimientos.

El por qué huía de ellos era cosa que inquietaba a Sandra, mas ella se conocía bien y sabía que le amaba por encima de todo.

Poco o nada sabía de él.

Que era un buen practicante, como auxiliar. Que con ella se había comportado como un médico. Que no sabía ni de dónde venía ni adónde pensaba ir un día cualquiera, cuando decidiera echarla a ella a un lado.

¿Era Simon un tipo sentimental? Pues sí. Ella hubiera jurado que sí. Porque una cosa era que cubriera, o intentara cubrir, aquel sentimentalismo con su amargura y desazón, y otra que existiera realmente dicho sentimentalismo. Era, también, un tipo con humanidad inconmensurable y eso que pretendía pasar por frío y déspota.

Por eso ella caminaba de puntillas por el pasillo en dirección a su alcoba. Porque pretendía conocer a Simon en toda su dimensión humana y sentimental.

No. No iba a acostarse con Simon.

No era así como ella lo amaba.

Pero tener una conversación larga con él, sí.

¿De qué?

No lo sabía con seguridad.

Se detuvo y alzó la mano.

Le temblaba un poco.

¿Qué pensaría Simon, de ella?

¿La consideraría una fulana de dos centavos?

No lo era.

Aquello entró en su ser sin darse cuenta. A fuerza de sentir en su figura la mirada hermética de Simon. De sus silencios. De la sombra amarga que enturbiaba sus ojos. De la frialdad que imponía a sus movimientos e incluso, a veces, a su voz.

Tocó con los nudillos en la puerta y tardó en oír su voz:

—¿Quién es?

Sandra levantó el picaporte.

6

—¡Tú! —dijo él, atragantado.

Se hallaba ante su secreter. Tenía un tenue rayo de luz cayendo sobre un grueso libro abierto. Lo cerró al verla a ella y se levantó como impelido por un resorte.

—Sandra —dijo acogotado—, no… No. Vete.

La respuesta de la joven fue sentarse en el borde de una butaca.

—Si viene tu madre…

—Soy mayor de edad.

—Pero yo no soy ningún seductor y no quiero que tu madre forme un falso juicio de mí.

—Vengo a conocerte un poco, Simon —dijo ella, con súbita ternura.

Era lo peor.

Simon se desarmó y quedó laso.

Mirándola como atontado.

—Sandra, no tengo nada que ofrecerte.

—Pero me amas.

—No lo sé.

—¿Y el hombre que me besó el otro día?

Simon enrojeció.

—Fue… fue… algo inesperado. Ni yo mismo entiendo por qué.

Sandra se levantó y fue hacia él, que dio un paso atrás.

—No soy un ente, Sandra —dijo, sofocado—. Ni un tipo sin escrúpulos. ¿A qué vienes aquí? Pero soy un hombre y tengo mis pasiones y mis deseos y tú eres muy bella. ¿Por qué vienes si sabes eso, y si no te lo sabes te lo presumes? —pasó los dedos por el pelo y lo alisó maquinalmente. De nuevo la nube de amargura cruzaba la visión de sus negros ojos—. Sandra —dijo bajo—, no tengo nada que ofrecerte. Gano poco. Esta fonda es cara, se vive bien, mejor que en ninguna de cuantas recorrí, pero es cara y trabajo me cuesta pagarla con lo que gano. Además…

Ella ya estaba a su lado.

Le rozaba el cuerpo con el suyo.

Simon dio otro paso atrás como un joven temeroso.

—Sandra —siseó, atragantado—, te digo que te vayas.

Fue bonito el gesto de Sandra.

Sin loca pasión. Sin erotismo.

Sin morbosas ansiedades. Pero lo cierto es que se empinó sobre la punta de los pies y sus labios besaron largamente los de Simon.

Él parecía desconcertado.

Después la asió por los hombros y la apretó contra sí.

Un rato.

La besó, hurgante y afanoso.

Sandra sentía que todo daba vueltas y que la sangre parecía que se le escapaba por mil agujeros que se le hacían en la piel.

Así sentía aquel beso.

Pero, de repente, Simon la apartó de sí.

Quedó jadeante.

Mirando al frente como si escapara de los ojos ávidos de Sandra. Tan azules, tan llanos, tan elocuentes.

—¿Contra qué huyes, Simon? Yo soy sencilla para decirte lo que siento y demostrártelo. No creas que vengo aquí, como una *furcia*, a acostarme contigo. Vengo porque creo conocerte un poco y sé que bajo tu hermetismo existe un hombre de bien que ama y que lucha, no sé por qué, contra ese amor.

Él iba a decírselo.

Pero se mordió los labios.

Giró sobre sí y se quedó como temblando.

—No soy un pelele, Sandra —dijo—. Ni tú una mala mujer. Sé todo eso. Esto que ocurre es más fuerte que la voluntad de ambos. Pero debes de apartarte de mí. Apesto.

—¿Qué dices?

—No soy hombre digno de ser amado.

—¿Por qué razón?

—Te lo digo —se alteró—. ¿No basta?

—Para mí no.

—Eres tenaz.

—Soy así.

No preguntó cómo era.

Ya lo sabía.

Llena de ternuras y dulzuras.

Todo lo que él creía que ya no podía tener.

Que no tenía derecho a tener.

—¿Eres casado, Simon? —preguntó ella, ahogándose.

Él la miró espantado.

—¿Qué importa eso?

—Importa. Podía ser un motivo por el cual tú me amaras a mí y desearas a tu mujer, y, por lo que fuera, no vivieras con ella.

Inesperadamente, Simon atravesó la alcoba y abrió la puerta.

—¡Sal, anda! —pidió, quedamente.

—¿Es eso?

—¿Eso qué?

Y él parecía haber olvidado la pregunta.

—Si eres casado.

—No.

—Soltero, ¿verdad?

La miró de nuevo desconcertado.

Sandra quería saber demasiadas cosas, y él no tenía intención de desnudar su alma.

¿Para qué?

Había cosas que no estaban a su alcance, y aquélla, Sandra, era una de ellas.

—Te suplico que te marches.

—Si he venido aquí a saber cosas de ti, me marcho peor. Sé muchas y, sin embargo, en contraste, ignoro más.

—Buenas noches, Sandra.

—Una pregunta…

—No me hagas más.

—Una sola… ¿Me amas?

Simon apretó los puños.

De repente, empujándola delicadamente, dijo:

—¿Y quién puede pasar a tu lado sin amarte?

Después la empujó y cerró.

Fue al día siguiente, bien de mañana, cuando no estaba aún nadie levantado, excepto ellos dos, que Sandra procuró toparse con él en el vestíbulo.

Al verla, Simon intentó retroceder o apurar el paso.

Pero Sandra, divina dentro de su atuendo juvenil para irse a la facultad, le atravesó el camino.

—Simon, nada hay que nos separe, ¿no?

Mil cosas.

Mil detalles de la vida misma. Mil sucesos acaecidos.

* * *

—No te convengo, eso es todo. Y el hecho de aceptar tu amor y darte el mío no nos conducirá a ambos más que a un desastre. Hay cosas contra las que nadie puede luchar. Y ésta es una de ellas.

—¿Cuál?

—La vida misma.

—Yo estoy dispuesta a trabajar para ayudarte.

—Yo no me caso, Sandra.

Ella quedó envarada.

—¿Por qué?

—Porque estoy casado. Eso es todo. ¿No querías saberlo?

—Me has mentido.

—No. Estoy casado a medias. Divorciado, pero atendiendo a mi mujer.

—¿Qué dices?

—No lo entenderías.

Y salió.

Aquel día no vino a comer, ni a almorzar, ni a dormir.

Su madre lo comentaba:

—Este Simon no falla. Falta un día todas las semanas. ¿Qué líos tendrá por ahí?

—¿Y por qué tiene que tener un lío, mamá? —preguntaba Sandra, con deseos de echarse a llorar.

Pero no lloraba.

Su madre la miró sonriente.

—¿Qué hombre a su edad, siendo libre, no los tiene? Falta siempre el mismo día, ¿o es que no te has dado cuenta?

Hacía mucho tiempo que se la había dado. Era todos los viernes. Llegaba al día siguiente, como siempre, pensativo y amargado.

Nunca daba explicaciones de su falta del día anterior, ni nadie le preguntaba.

Ella, en cambio, se lo había preguntado a sí misma muchas veces.

—Además —añadía su madre, para mayor desventura de su hija— ocurre algo curioso. Según Miller, Simon gana mucho dinero. No sólo por lo que trabaja en la clínica como auxiliar, sino que tiene trabajos fuera. Y es el último que paga, como si le costara mucho trabajo.

—Tendrá… gastos —adujo, sabedora de que no era así, o si lo era, ganaba lo suficiente para ellos y para más, y por otra parte recordaba que él dijo la noche anterior que no tenía dinero para mantenerla. ¿Dónde lo echaba?—. Un hombre siempre lo tiene.

—Hay que decir que es hombre de buenas costumbres —explicaba la dama.

Después, de súbito, miró a su hija:

—Sandra, ve olvidándolo.

La muchacha, pillada en falta repentinamente, dio un salto.

—¡Mamá! —exclamó.

La madre la miró con suma ternura.

—Para una madre, pocos secretos puede tener su hija... Sé que Simon es un buen muchacho, pero eso no se lo he dicho a él...

—¿Decirle qué?

—Has estado ayer en su cuarto.

—¡Mamá!

—Te vi entrar y te vi salir. Sandra —se ponía grave—, déjalo. No es hombre claro, parece bueno y creo que lo es, pero hay algo que no encaja...

—Mamá, te digo...

—¿Que no es cierto?

No.

Eso no podía decirlo.

Quedó desmadejada.

Apoyada en un mueble, y decidió que iría a ver a Miller aquella noche.

¿Por qué Miller no iba a saber las cosas que no quería decirle a ella Simon?

¿Y qué cosa era la que tanto amargaba la mirada de Simon? ¿Qué le hacía ser un hombre melancólico y dolido?

—Es cierto, Sandra. Por favor, olvídate de él.

La joven bajó la cabeza, confesando:

—Es difícil.

—¿No ir a su cuarto?

—Olvidarlo. No sé cómo empezó. Seguramente por su hermetismo. Ese no saber qué piensa, qué siente, qué cosa le ocurre. Porque le ocurre algo… ¿no crees, mamá?

—No sé —dijo la madre, resignada—. Lo que te pido es que tengas sentido común.

—Él corresponde a mi cariño.

—Pero huye.

Era verdad.

Era como si su amor y el suyo propio le dieran miedo.

Se alejó de su madre, seguida por los piadosos ojos de aquélla.

La dama pensó que no estaría de más hablar con Simon…

Entendía que era un hombre honrado y que había algo en su vida que le impedía ser feliz.

7

Atisbó desde la cafetería de enfrente.

Lo vio salir a paso corto, metido en sus ropas de siempre, con la cabeza hundida en el pecho y las manos en los bolsillos del pantalón.

Hubiera dado algo por conocer los pormenores de su vida. Por poderle consolar.

No era nada fácil, porque Simon no se entregaba. Ella sabía que sus sentimientos eran correspondidos, pero no bastaba, porque el silencio de Simon era peor que una negativa.

Lo vio atravesar la calle en dirección a la cafetería donde ella se hallaba y, para evitarlo y poder hablar con Miller, se deslizó por una puerta lateral viéndose en la calle.

Respiró hondo.

Entendía que poco, de Simon, iba a aclararle Miller, pero también podía ocurrir que se equivocara y supiera lo que Simon se callaba y Miller por discreción, porque discreto era, guardara silencio al respecto.

No obstante, ella se iba a su clínica dispuesta a hurgar en aquella vida misteriosa de Simon. A aquella hora sabía solo a Miller hasta casi las doce de la noche, hora en que tomaba la guardia un auxiliar subalterno. El mismo Simon la tenía una vez por semana, pero no era el viernes, por supuesto; siempre le correspondía el lunes, a la noche.

Entró en la clínica con su aire juvenil, enfundada en un vestido deportivo de color avellana con muchos pespuntes.

Sobre los altos tacones, con la melena suelta, estaba, si cabe, más atractiva que nunca.

Miller, al verla, avanzó enfundado en su bata blanca y le pasó un brazo por los hombros.

—Ya estás repuesta, ¿eh? Me alegro, Sandra —decía Miller, cariñoso—. Ya ves que los sanitarios no somos tan torpes. Te curó un auxiliar y para sí quisiera un médico, tan rápido triunfo.

—Crees mucho en él, ¿verdad?

—Siéntate. Sandra. ¿Qué te trae por aquí? —y rápidamente, recordando la pregunta, respondió, sin recibir respuesta—: Mucho. Ha curado, aquí, casos de cuidado. Yo diría que sabe tanto o más que un médico. Es un tipo silencioso, hermético, pero lleno de humanidad.

—Te falta un día entero todas las semanas, ¿no?

—No —dijo Miller sin darse cuenta ni saber adónde iba a parar su amiguita—. Falta todos los viernes, pero después de almorzar. Es decir, yo no sé si va a almorzar a vuestra casa.

—No va.

—Pues entonces almuerza donde vaya.

—¿Y adónde va?

Miller la miró sorprendido.

—Sandra, ¿qué te ocurre a ti, con respecto a Simon? ¿Es que le amas?

—Tú responde, Miller.

—Te lo dije el otro día, Sandra —murmuró, cariñoso—. Simon es un tipo raro. Honesto, creo yo, pero no todo lo alegre y feliz que necesita una chica como tú.

—¿Y dices que no es feliz?

—Mira, eso sí que no lo sé. En efecto, falta un día a la semana después de almorzar…

—A casa, ese día, no viene a dormir.

—Pues tendrá algo por ahí.

Miller la miró alarmado.

—Sandra, tú estás enamorada de él, y lo mejor que puedas hacer es olvidarlo.

—Tú mismo dices que es hombre honrado.

—Y trabajador, si los hay. Pero en un día entero no habla ni dos palabras seguidas que no vayan relacionadas con su profesión.

—Él me dijo que era casado y divorciado, pero quise entender que veía a su mujer.

—¿Aún necesita más una muchacha como tú llena de vida, vigor y sencillez? ¿Qué haces tú con un tipo amargado como Simon?

Se dio cuenta de que Miller sabía, de Simon, casi tanto como ella y decidió no ahondar más en el asunto ni permitir que ahondaran en sus sentimientos.

Así que se despidió de él, pero no sin que Miller le recomendara, muy formal y gravemente:

—Si estás interesada por él, olvídalo. Eso le diría yo a una hija mía, y a ti te conozco de toda la vida y eres hija de una persona a quien estimo de veras.

Se fue, paso a paso, hacia su casa.

De tanta preocupación que tenía, creía que no sacaría el curso aquel año, pero como realmente estaba ganando dinero en la notaría, no le preocupaba demasiado terminar aquel año, que al siguiente.

Cuando entró en su casa oyó voces en el salón. Eran las del militar y el catedrático. Supuso, por la hora, que también Simon estaría, pero, como siempre, Simon jamás se inmiscuía en las conversaciones de los demás a menos que le preguntaran directamente, y aún así sus respuestas eran parcas.

—Ya andaba preocupada —dijo su madre al verla—. Anda, que la mesa está puesta y todo dispuesto para servirla. Será mejor que empieces ahora mismo.

Se fue mudamente al comedor y vio a Simon hundido en un sillón al final de aquel, con la prensa ante los ojos. Lo miró y Simon debió de saber que era mirado, porque por un segundo retiró el periódico y Sandra sintió la mirada de sus ojos negros en los suyos, sólo por un segundo.

Quiso retenerla, pero Simon volvía a la prensa como si nada en la vida le interesara más.

Sandra procedió a servir la mesa: todos se acomodaron, y mientras el catedrático y el militar le tomaban el pelo cariñosamente, ella intentaba esbozar una sonrisa.

El tema de conversación del militar y el catedrático versaba, aquella noche, sobre la pornografía y cosas parecidas, y tantas veces como le pidieron parecer a Simon, tantas contestó, evasivo, con un:

—No voy al cine ni leo revistas…

Sandra pensaba que, en cambio, sí que leía gruesos libros.

Decidió no ir a su cuarto aquella noche porque estaba segura de que su madre, aun con parecer no hacer nada, seguro que le saldría al paso y mudamente la enviaría de nuevo a la alcoba.

Pero al día siguiente sí que le atravesaría el camino.

Sabía que era el primero en levantarse y ella lo haría, antes aún, para atraparlo en el vestíbulo cuando saliese.

* * *

Cuando se hallaba en su cuarto pensando todo esto, entró su madre después de haber llamado en la puerta.

—Mamá…

—¡Hola, Sandra!

—¿Ocurre algo?

— No. Pero vengo a hablar contigo. Espero que nunca más vayas al cuarto de Simon. Yo no tengo nada contra él, pero se me antoja que ese hombre tiene algo grave que ocultar.

—¿Grave?

—Ha de ser así, a menos que ocurra que no te ame.

—Mamá, yo sé que me ama.

—Hay hombres que se dejan amar —dijo su madre, muy cuerdamente—. Tú eres muy linda y muy joven. Ya te digo que yo no tengo nada concreto contra Simon, pero resulta que ese hombre es de recelar. ¿Por qué no te dejas acompañar de esos chicos que tanto te llaman por teléfono? Nunca sales con ellos.

—Son compañeros de clase.

—¿Y no te gusta ninguno de tantos como te llaman?

—No —rotunda—. Como amigos lo que gustes. Como hombres tan sólo, nada.

—Es inaudito, Sandra. Debieras de tener una pandilla.

—Y la tengo.

—Pero no sales con ella. Y todo eso, casi a raíz de llegar Simon a esta casa.

Le atraía, no podía remediarlo.

Le inspiraba ternura, pasión y lo que era más raro, la enternecía…, la conmovía. Como si intuyera que Simon necesitaba su devoción, aunque fuera silenciosa, para continuar viviendo.

¿Un espejismo?

Que lo llamaran como quisieran.

Ella lo sentía así y no era mujer que se engañara a sí misma.

No podía decirse, tampoco, que no tuviera cierta experiencia masculina. La tenía.

A los dieciséis años creía estar enamorada y probó las primeras mieles del amor. A los veinte, tuvo sus acompañantes. Sabía de besos salteados y caricias fugaces.

Pero aquello que sentía por Simon era distinto.

Aunque Simon estuviera silencioso, verlo y estremecerse de pies a cabeza, era todo uno para ella.

Conmoverse, enternecerse, apasionarse...
¿Qué se le llamaba a eso?

—Sandra...

—Sí, mamá.

—¿Quieres un consejo?

—¿Cuál?

—Deja los estudios. Tengo algún dinero aho-
rrado, te lo doy y te vas un mes o dos de vacaciones, donde gustes. Si quieres hablo yo con el notario para que te dé esas vacaciones.

—No, mamá. Gracias.

—Mira, Sandra...

—¿Qué temes, mamá? Yo no soy una cría absurda. Soy una mujer. Y sé lo que quiero y adónde puedo llegar.

—Pero suponte que él sea casado.

—Lo es —dijo.

La madre se menguó.

—¿Casado, y suspiras por él?

—No es que suspire, mamá. No es un juego de niños. Es una auténtica necesidad de
compenetración con Simon. Él dijo que era casado y divorciado, y que, aun así atendía a su
mujer.

—Lo cual quiere decir que va a verla esos
viernes que falta.

—Es posible.

—Y tú, aun así...

Afirmó, con lo cual la madre la miraba severamente.

—¿Qué puedo decirte a tu edad, Sandra?

—Nada. Que olvide, no me lo digas entretanto no se demuestre que estoy equivocada. Tú misma aseguras que Simon es un buen chico… Y yo, tengo pruebas de ello.

—¿Pruebas?

—¿No te las imaginas?

—Sandra —se alarmó la dama—, estoy temiendo que estés loca.

No importaba mucho.

El caso es que su madre creía en ella y que bien sabía que no era una ingenua.

Que los estudios y la vida la habían madurado.

Y, por supuesto, no estaba loca.

La madre, que se había sentado en el borde de la cama junto a ella, le dio dos golpecitos en las rodillas.

—No sé cómo calificar esto, pero si continúa, tendré que decirle a Simon que se marche.

—¿Y por qué, mamá? ¿No temes que si él se va, me vaya yo con él?

—¡Sandra!

La joven no movió un músculo de su preciosa cara. Se inclinó hacia la dama y la besó en ambas mejillas.

—No temas. Creo que ni tú le vas a echar ni yo me iré con él, pero si le echas…

—¿No sería lo mejor? —se agitó la dama.

No.

Sería peor.

El acicate de lo imposible.

Hasta la fecha, no había más barrera que el mismo Simon.

Si la madre se metía por medio sería peor.

—No, mamá. Tú sabes como soy. Quien tiene que ventilar esto no eres tú, sino Simon y yo. El hecho de que el sea un hombre divorciado, para mí no significa nada. Lo que me pregunto es por qué atiende a su mujer. Pero ya lo sabré.

—¿Se lo vas a preguntar a él?

—Lo ignoro aún.

La dama la besó y se marchó, preocupada.

Sandra se tendió en el lecho y se quedó con los ojos muy abiertos, fijos en la lampara oscilante.

No sabía, a ciencia cierta, qué pensaba.

Pero no cabe duda de que su mente estaba llena de cosas.

Anhelos, todos; renuncias, ninguna.

No renunciaba a Simon; para ello tendría que decírselo él, y, encima, añadirle que no la amaba y eso era imposible porque el amor existía y estaba patente entre ambos.

Durmió poco y mal y a la mañana siguiente, muy temprano, se tiró del lecho, se dio una ducha y anduvo desnuda por el cuarto buscando la ropa de calle. Cuando estuvo lista se miró al espejo.

Vestía pantalón azul oscuro, ajustado en las caderas y bastante ancho por los bajos. Una camisa de manga corta azul más claro, y así, con los libros y el bolso al hombro, recién cepillado el cabello, ligeramente maquillada salió sabiendo que nadie, excepto Simon, estaría levantado.

8

Se hallaba en una esquina del ancho vestíbulo, cuando lo vio salir.

Se deslizaba con lentitud, vestíbulo abajo, dentro de su pantalón azul que cambiaba siempre con otro marrón (era lo único que tenía, pensaba Sandra) y su camisa azulina y el suéter de cuello redondo, del mismo color.

No era excesivamente alto.

Su aspecto era más bien vulgar, pero Sandra entendía que de vulgar no tenía nada.

Cuando cruzó a su altura, Sandra salió de su esquina.

—Simon…

Su voz era cálida y Simon se detuvo, como si mil demonios le clavaran en el suelo. No volvió en seguida la cabeza.

Cuando lo hizo fue lento y cuidadoso, como si temiera verla allí.

—Buenos días… Sandra.

—Voy contigo. Me pilla de camino.

—Es que…

—¿Qué?

Y le interrogaba con los ojos fija y quietamente.

Él desvió los suyos negros, ensombrecidos.

—¿No llevamos el mismo camino, Simon?

—Sí —respondía, a medias, con torpe acento—, pero…

—¿Pero…?

—Ya sabes.

—No sé.

Se le hinchó el pecho.

Sandra notó que iba a decirle algo definitivo, pero observó cómo se mordía los labios hasta hacerse sangre y caminaba presuroso.

La joven salió de casa a la par que él, apurando también el paso.

—Sandra… es mejor que no nos digamos nada.

—Yo sólo tengo que decirte una cosa, Simon. Y tú, ¿no tienes nada que decirme a mí?

Él parecía reflexionarlo. Pero, de súbito, dijo:

—No, nada… ¡Nada, no!

Ambos atravesaron el pequeño sendero del jardín y se quedaron inmóviles ante la cancela de hierro. Hubo como una vacilación en ambos, pero luego fue Simon el que empujó la cancela y le cedió el paso. No avanzó mucho. Era algo más alto que Sandra y la miro así, desde su altura, con patética expresión.

—Eres demasiado bella —ponderó, sincero, y con acento amargo—. Demasiado joven y es un regalo precioso, tu amor. ¿Qué puedo ofrecerte? Yo no te convengo, Sandra. No soy nada o apenas nada. Mi vida está llena de fallos y baches —se alzó de hombros, mirando a lo lejos con nostalgia—. Tampoco soy un hombre alegre, ni divertido. La existencia a mi lado sería tétrica, triste, dramática por lo poco que yo gozo de esa existencia.

Sandra respiró muy hondo. Apretó los libros bajo el brazo con las dos manos.

—Antes de conocerte a ti —añadió Simon, como si quisiera decirlo todo de una vez— no tenía interés ninguno en vivir. Vivía, claro está, pero empujado por la lógica inercia de la vida. De repente apareciste tú y como todo me estaba vedado, ni siquiera reparé en que eras mujer, joven y bella. Te has fijado tú en mí y entonces empecé a sentir que deseaba seguir luchando. Pero, en medio de todo ello, pienso que no merece la pena, porque tú estás encaprichada, pero no es ni un amor hondo, ni una pasión sincera, sino más bien, una curiosidad muy propia de tus años.

Las calles estaban húmedas del rocío de la noche. Ambos caminaban, llevaban el mismo camino. Él hacia la clínica, ella en dirección al *bus* que la llevaría a la facultad.

Sin que Sandra tuviera tiempo de intervenir, él añadió, presuroso:

—No soy hombre que haga feliz a nadie, porque no soy feliz, yo… Miro al frente y no veo más que campos yermos, seres tarados, caminos nebulosos… La vida me azotó demasiado para mirarla con ilusión… —sacudió la cabeza—. Yo te aconsejo que te olvides de mí —esbozó, una amarga sonrisa—. Mira, Sandra, allí tienes el *bus* parado.

Sandra se diría que se había clavado en el suelo. Miraba a Simon con profunda ansiedad.

—No soy niña caprichosa —dijo—. Ni una muchacha que no sabe adónde va ni por qué va. Has entrado en mí, Simon. No sé si te quiero por tu tristeza o sólo por tu falta de alegría. Pero siento, en mí, que eres un hombre. Un hombre bueno, capaz de los mayores sacrificios. ¿Que por qué lo sé? Lo ignoro. Lo cierto es que te considero así. Nunca he deseado casarme, ni mirar a un hombre concreto. He pasado, y paso, por la vida, rodeada de hombres sin darles mayor importancia. Los veo como compañeros de estudios o de trabajo, pero es muy distinto a todo lo que siento por ti. Sé, también, que si fuera un poco recatada no te lo diría porque tú no me das ánimos para que te lo diga, ya que más bien huyes de toda confidencia o de toda sinceridad. Pero yo dejaría de ser humana si intentara cambiarme a mí misma o engañarme. Y eso es lo que no haré jamás.

Inesperadamente, Simon alzó una mano y asió el codo femenino. Lo apretó como si sus dedos fueran garfios.

Fuerte y apasionadamente.

Había vida dentro de él.

Interés.

Ansiedad.

Pasión.

Sandra le miró, anhelante. Pero él, tras posar los ojos en ella, bruscamente soltó aquel brazo, metió las manos en los bolsillos y caminó presuroso.

—¡Simon!

—¡No te convengo! —le gritó él—. ¿Oyes? No te convengo. No te daría más que disgustos, desalientos. No tendrías alegría porque yo carezco de ella… Es mucho lo que podría decir sobre todo ello, pero prefiero guardar silencio.

—Y atosigarme.

—¿Y qué me ocurre a mí? ¿Crees que no comprendo que eres un hermoso regalo para mi vida sin alicientes?

—¿Y por qué no ha de tener alicientes tu vida? —se desesperó Sandra—. ¿Acaso toda tu amargura se la debes a esa mujer que vas a ver los viernes, que dices que fue tu esposa y ahora no lo es? ¿Y si no lo es, por qué te preocupas de ella? ¿Es que, pese a todo, la amas?

Notó que temblaba como un crío.

Que se agitaba y cerraba los ojos, como si al caer los párpados intentara ocultar toda la inquietud que lo dominaba.

También apreció que estuvo a punto de gritarle mil cosas, pero que, como en otras ocasiones, cerraba los labios y se callaba.

—Simon, ¿no tienes nada que decirme, a todo eso?

Lo pensó un segundo.

Observó una vacilación.

Después…

—No —dijo y su voz sonaba rara, como si bajo ella ocultara un dejo amargo—. No… No, por supuesto.

—¿No te das cuenta de que yo voy a pensar lo peor?

—¿Acaso te pedí yo que pensaras nada?

—Me amas, te amo; ¿no es ésa una razón para que yo sepa algo de ti?

—Es demasiado hermoso tu amor y yo no lo merezco. Ni soy un criminal, ni un deshonesto. No lo he sido nunca, pero ten por seguro que he sido juzgado como si lo fuera.

Y dicho lo cual se alejó a paso largo, deján-
dola a ella medio encogida, apoyada en el poste
cerca de la parada del *bus* bajo la marquesina.

Lo vio encogerse sobre sí mismo como un ser
de lo más desvalido, y caminar, calle abajo, a paso largo.

¿Qué había querido decir? «He sido juzgado
como si lo fuera.»

¿Qué significaba aquello?

Se pasó en la facultad el resto de la mañana
pensando en ello.

* * *

Anochecía.

Cuando ella regresó de la notaría y llegó a
casa, su madre, como tantas veces, se hallaba ausente. El militar y el catedrático eran fieles y
buenos amigos y en aquellos atardeceres pasa-
ban al club próximo a jugar una partida hasta la
hora de la comida.

Mauren andaba por la cocina terminando de
hacer la comida que su ama le había dejado ya casi terminada.

Sandra entró en el vestíbulo y, directamente, se fue a su cuarto a dejar los libros. No había
estudiado nada. Decididamente tenía el curso
perdido, y todo por la inquietud amorosa que
vivía en ella. Y no tanto por el amor, como por

la intriga que sentía ante la vida desconcertante de Simon.

Se miró al espejo, con ansiedad.

Estaba pálida y ojerosa.

Pensó que de buena gana hubiera dado un manotazo contra el aire mismo aunque se rompiera la mano, con la intención de descorrer el cortinón nebuloso que cubría toda la vida íntima de Simon.

Una esposa de la que estaba divorciado y que, sin embargo, él atendía.

¿Por qué?

¿A qué fin?

—¿Por amor? —se encontró, preguntando, encogida.

Sacudió la cabeza.

No. Por amor no. Ella tenía su intuición, su sexto sentido de mujer bien despierto y sabía de sobra que Simon correspondía a sus sentimientos, que eran hondos, cálidos y apasionantes, vehementes y temperamentales, y que si no se expansionaba más era debido a la cerrazón de Simon....

Retrocedió sobre sus pasos y atravesó el pasillo en dirección a la cocina.

Mauren, que se hallaba ante el fogón, refunfuñó:

—Falta bastante. La señora se ha ido a una reunión con unas amigas. Asuntos de caridad. Si quiere aguardar en el salón. No hay nadie.

—Me lo imagino.

—¿Por qué vino tan temprano? —preguntó, con su descaro habitual.

Sandra se alzó de hombros.

No pensaba darle explicaciones a Mauren porque, ni las merecía, ni las comprendería.

Sandra estaba pensando que quedaba mal con todos los que siempre fueran sus amigos. Max, Alex, Dick… y tantos otros que formaban su pandilla.

Antes, ella era una más.

Se reía, iba a bailar, estudiaba y no por eso dejaba de divertirse.

Pero un día se dio cuenta de que no se sentía a gusto con ellos, y poco a poco los fue dejando y si bien no por eso, tenía razón su madre, dejaban de llamarla.

Giró sobre sí y se fue al salón. Estaba solitario y a oscuras.

Así a oscuras como estaba, pues la luz del día se había muerto por completo, se fue a tientas hacia un diván y cayó en él, cuan largo era.

Metió las manos bajo la nuca y se quedó inmóvil, pensando.

¿Pensaba?

No lo sabía. A veces pensaba que tenía el cerebro embotado de tanto pensar y otras creía que no pensaba en absoluto. Tal era el marasmo humano que batallaba dentro de ella.

Una cosa concreta sí existía.

Deseaba a Simon.

Más de una vez se tomó la terrible libertad de imaginar su vida íntima junto a él y se estremecía de pies a cabeza.

Cerró los ojos y creyó sentir pasos.

Lentos, pausados.

¿Los de Simon?

Se tensó.

Oyó que abrían y cerraban una puerta y en seguida sintió que las dos puertas corredizas del salón se abrían.

Después sintió un tic especial y una lámpara de pie se encendió, al fondo.

Tendida como estaba volvió la cabeza y vió a Simon.

Con sus ropas de siempre, su aspecto desvaído, su amargura.

Hubo un silencio.

Él también la vio.

—Tú... ahí —susurró.

—Hola, Simon.

—Es temprano —y tal parecía aturdirse—. Tengo que ir a mi cuarto.

Intentaba girar. ¿Escapar de nuevo?

—¡Aguarda! —le gritó.

Y se sentó en el diván echando los pies a tierra. Simon quedaba erguido allí cerca, con los hombros algo encogidos, pese a su tesitura.

—Te digo que me iba a mi cuarto.

—Y yo te digo que es una descortesía que te vayas, si yo estoy aquí…

—Sandra… tú sabes…

—¿Saber? —casi gimió—. Nada. No entiendo nada.

Simon se inclinó un poco hacia adelante y mudamente, así, como él era, arrastró una butaca y cayó en ella como si algo o alguien le empujara.

Los dos permanecieron silenciosos. Ella sentada en el borde del diván, Simon en el butacón con las piernas un poco separadas.

9

Hubo un largo silencio entre ambos.

Se diría que uno por un lado y otro por el otro, temían, más que nada, romperlo, porque había muchas cosas que decir y de repente ella temía escucharlas, y él no pensaba decir ninguna.

—Es raro que no estén aquí los otros —comentó Simon como si pretendiera desviar su mente de aquello que, sin duda, se hallaba en la mente de Sandra.

—Es que tú has venido antes.

—Es posible.

—¿No has ido por la cafetería?

—No… Me he venido caminando paso a paso. La noche es bonita y apacible.

—¿Aprecias tú eso?

La miró desconcertado.

—¿Yo no… debo apreciar nada, Sandra?

Ella agitó la mano en el aire.

Fue cuando Simon la asió así, como si no hiciera nada. Apresó aquellos dedos femeninos y los oprimió con desesperación.

Se quedaron callados un segundo.

Sandra asió, a su vez, aquellos dedos que apretaban los suyos y tiró de aquella mano; Simon se levantó como impelido por un resorte y fue a sentarse junto a ella en el borde del diván, hombro con hombro, rodilla con rodilla.

Hubo otro nuevo silencio.

Después todo ocurrió de la forma más confusa y atosigante.

Simon la empujó hacia atrás y ella cayó en el diván y Simon cayó sobre ella.

La joven sentía el cuerpo de Simon palpitante, estremecido y tembloroso en el suyo, erecto y firme al mismo tiempo.

Alzó los ojos y vio la mirada de él patética, rara, fija, inmóvil en la suya.

Hubo un cambio de palabras tenues y confusas.

—No quiero hacerte daño, Sandra.

—Pero lo haces.

—Y me lo hago a mí mismo.

—¿Qué barrera impuesta por ti nos separa?

Simon aflojó el brazo, parecía dispuesto a alejarse.

Pero Sandra no era mujer que doblegara sus pasiones, alzó los dos brazos y le cruzó el cuello.

Por un segundo, sus caras se juntaron.

Hubo como un sobresalto. Los labios de Simon, ávidos, distintos, pero igualmente reprimidos, resbalaron por la cara de Sandra. Se metieron ansiosos en su garganta y subieron así, sobones y ansiosos, se perdieron en la boca juvenil.

Mucho tiempo.

Como una eternidad enloquecida y delirante.

Nunca conoció tanto a Simon como en aquel instante.

¿Qué le ocurría?

Parecía haberlo olvidado todo; sus pesadillas, si es que las tenía; su mujer, de la cual estaba divorciado y a la que él mismo confesaba visitar. Sus silencios y sus amarguras.

Los labios en su boca hurgaban y entontecían.

Era inefable.

Para Sandra que vivía aquel instante era como si de repente le desmenuzaran el cuerpo, y es que las manos de Simon, pecadoras, hábiles y ansiosas, se perdían en su busto como si en toda la vida nada hiciera con mayor intensidad.

Sandra no supo, jamás, el tiempo que estuvo en los brazos de Simon, un Simon entregado, aunque en cierto modo reprimido, pero que podía más su ansiedad que su pasado, si es que existía.

Se oyeron voces procedentes del jardín.

Fue ella la que le empujó blandamente. Con aquella ternura suya que enajenaba y entontecía.

—Simon… viene alguien.

—Sí.

Pero no se separaba de ella y su pecho aplastaba el busto femenino y sus dedos le asían la cara y sus labios; buscaban constantemente la boca femenina.

—Es el militar y su amigo.

—Sí.

—Simon… repórtate…

—Sí.

Lo empujaba blandamente.

Simon se levantó de un salto.

Respiró hondo.

Con las dos manos echó el cabello hacia atrás y, paso a paso, se fue al sillón opuesto donde se incrustó y asió maquinalmente el periódico que tenía al lado, lo abrió poniéndolo delante de los ojos.

Sandra también se levantó.

Alisó el pantalón y abrochó la camisa.

Sentía vergüenza y, a la vez, una ternura viva desconocida hasta entonces.

Se escurrió por una puerta lateral y fue a dar al corredor opuesto al pasillo.

Se pegó de cara a la pared y estuvo así un rato respirando, con la frente pegada a la fría pared.

—Voy a poner la mesa —oyó tras ella.

Giró como un autómata.

Mauren, con delantal blanco, el que había cambiado por el de rayas que usaba en la cocina, cruzaba ante ella en dirección al comedor.

Sandra se perdió, paso a paso, hacia su cuarto, ascendiendo los seis escalones como una sonámbula. Iba turbada y temblorosa. Pero al llegar al cuarto, se dirigió a la cama y cayó en ella como un fardo, tapándose la cara con las manos.

No supo el tiempo que estuvo allí, hasta que sintió la puerta abrirse y vio a su madre erguida en el umbral.

* * *

—Sandra, los huéspedes están esperando que sirvas la mesa. Acabo de llegar, y Mauren me dice que todo lo tiene dispuesto y que tú no has bajado.

No podía.

No soportaba ver a Simon como si nada ocurriera. Y estaba segura de que el pétreo semblante del sanitario se mostraría como si jamás en su vida se hubiera acercado a ella.

No pensaba ser un comodín para Simon, y si bien sabía que no lo era, que no podía serlo, en el fondo le dolía que tan sólo lo pareciera.

—Me duele la cabeza, mamá.

—¿No bajas por eso?

—No… puedo.

—No lo entiendo, Sandra.

La miró, desconcertada.

—¿Que me duela la cabeza?

—Que tú, que siempre has sido alegre y feliz, ahora andes como una sombra.

Jamás le preocuparon demasiadas cosas.

Era cierto.

La vida material o moral para ella no había cambiado jamás.

Cuando falleció su padre, razón por la que podía vivir la angustia de faltarle todo, su madre se arregló un tiempo con el poco dinero que quedaba. Después surgió el dilema: ¿Qué hacer para sobrevivir en el mismo rango, poder ella continuar estudiando y mantener el palacete que, sin una ayuda material, habría que hipotecar?

Su madre era una mujer de agallas.

Tan fina, tan delicada, tan señora y siempre hallaba recursos para salir airosa. Y salió.

Metió aquellos huéspedes que pagaban bien y caro, y con su ayuda y la paga que percibía su madre y lo que ella ganaba, aun ahorraban dinero.

No tuvo preocupaciones.

Por otra parte, la naturaleza la había dotado de una gran belleza. Era joven y tenía amigos. ¿Qué cosa echaba ella de menos? Nada.

Y sin embargo…

—Tú has cambiado demasiado, Sandra, y todo ello se debe a la manía que te entró por Simon.

No era manía.

Era una gran pasión.

Es más, estaba segura de que, momentos antes, si Simon la hace suya hubiera aceptado la situación.

¿Cabía mayor pasión?

Ni pudor le quedaba.

—Sandra —decía la dama, ajena a sus pensamientos—, entiendo que debo decirle a Simon que busque otro alojamiento.

Se sentó en el lecho y echó los pies a tierra.

—No, mamá. Eso es una crueldad. Tú has sido siempre muy humana y muy razonadora. Tienes tus años y, sin embargo, tu mentalidad es juvenil. Conoces lo que ocurre y por qué ocurre.

—Pero —la dama tenía la voz casi ahogante—, ¿qué te ofrece Simon? No pensarás vivir con él sin casarte.

—Nadie pensó eso. Ni Simon es un tipo sin escrúpulos.

—No sé lo que es Simon—se impacientó la madre—. Nadie sabe de dónde viene ni adónde va, ni si un día cualquiera desaparecerá de este ambiente. Tú misma dices que está divorciado y que eso no impide que visite a su mujer. ¿Cómo lo entiendes tú?

No lo sabía. Eso era lo peor.

Ojalá pudiera ella dilucidar aquellos extremos.

—Serviré yo la mesa —dijo la madre, dirigiéndose a la puerta—, pero ten por seguro que a esto hay que ponerle coto.

La dejo ir y se quedó sola rumiando su amargura.

Vivió, punto por punto, aquellos instantes. Sí, estaba segura de que Simon, si bien la besó y la acarició en silencio como si desdoblara sus pesares y sus inquietudes, en ningún momento hizo intención de poseerla.

Simon podía tener, y de hecho así entendía ella que era, un secreto terrible en su vida, pero no era un sinvergüenza, ni un aprovechado, ni un vividor.

¿Ex presidiario?

Sacudió la cabeza.

¡Qué estupidez! ¿Por qué?

Sacudió la cabeza.

No tenía Simon el aspecto de un presidiario.

De un amargado, sí. Pero… ¿no podía ser que el mismo divorcio lo traumatizara? No, tampoco. Al fin y al cabo, ser divorciado no traumatizaba a nadie.

Oyó, abrumada, menguada, todos los ruidos de la casa.

Cómo Mauren hacía ruido en la cocina. Cómo su madre conversaba animadamente con el militar y el catedrático. La voz de Simon no la oyó en ningún momento.

Pero sí oyó sus pasos cansinos, lentos, cruzar el pasillo.

Tuvo ganas de salirle al encuentro y gritarle por qué, por qué se callaba cuando ella presentía que mucho tenía que decir de sí mismo, y sus sentimientos, y sus situaciones ocultas.

Pero se pegó a la cama temiendo que el impulso la levantara y le hiciera salir al pasillo.

Oyó, después, al catedrático y al militar cruzar, charlando amigablemente, y después a su madre apagando luces y dando órdenes a Mauren.

Se tiró hacia atrás y se quedó adormilada.

No supo el tiempo que estuvo así. Vestida y calzada, sobre el lecho; de súbito oyó voces. Era su madre, el catedrático y Mauren.

Se levantó despavorida y corrió hacia la puerta.

Salió disparada.

Había luz en el salón y hacia allí corrió, atraída por las voces angustiadas de su madre.

10

Pegada a la puerta contempló el cuadro.

El militar se hallaba derribado en un butacón casi morado. Tenía los labios amoratados y como si los ojos le fueran a salir de las órbitas.

El catedrático, en pijama, intentaba darle aire a su amigo con un periódico y, de súbito, irrumpió Simon en el salón con un maletín.

Quitó a todos de en medio.

Tendió al militar en el suelo, sacó del maletín una aguja hipodérmica, le pinchó y después abrió la chaqueta del pijama, con fiereza. Y empezó a darle masajes en el corazón.

Todo el mundo estaba enmudecido.

Simon no veía nada.

Sólo parecía estar sobre el enfermo, con todas las garras de su ser. Trabajaba aquel corazón con pulsaciones rítmicas, lentas; entretanto, con una de las manos, que separó del pecho del enfermo, le tomaba el pulso. Súbitamente sacó otra inyección y se la puso.

Notaron que los labios del militar se iban coloreando de rojo.

Algo de color subía a su cara. Su respiración contenida se armonizaba.

—No lo muevan de aquí —dijo Simon, levantándose.

Vestía un pijama a rayas, tenía el cabello en la cara y estaba pálido como un muerto.

Sandra lo veía todo desde el umbral y vio también cómo Simon cerraba el maletín y decía a Helen:

—Llame al médico, en seguida.

—Pero…

—Es un infarto…, llame.

El militar respiraba ya. No había moretones en sus labios.

Sus dos manos, palidísimas, se movían.

Mamá no se movía de su lado, pero el catedrático fue hacia el teléfono y habló durante un rato. Cuando regresó al lado del enfermo, dijo:

—El médico vendrá en seguida.

Luego miraron en su torno, todos.

Simon se había ido.

Sandra lo había visto salir empuñando el maletín como siempre, encogido sobre sus hombros, como un desvalido y aquella amargura latente en sus negros ojos.

Hubo un silencio.

Helen susurró:

—Se hubiese muerto.

—¿Ha dicho un infarto? No puede ser.

—¿Y por qué no? —preguntó mamá.

—¡Porque él qué sabe!

—Le ha vuelto a la vida —dijo Helen.

—No es un infarto.

Así discutían cuando sonó el timbre de la puerta. Sandra que era la que estaba más cerca de ella salió y abrió, entrando el médico, presuroso.

—¿Qué ocurre? ¿Qué ocurre?

Y entraba en el salón donde todos hablaban a la vez, menos el militar que seguía en el suelo.

El médico se detuvo y contempló el cuadro. Después, se inclinó hacia el enfermo y dijo:

—¡Pero si eres tú, Jim!

El enfermo sólo torció la boca en algo que se parecía a una mueca.

Después su voz susurró:

—Me dolió aquí, Bernard. No sabes cómo. Parecía el mordisco de un perro…

—Veamos…

Lo auscultó y miró a unos y a otros.

—Es un infarto bastante superado. ¿Qué han hecho ustedes?

Tomó la palabra el catedrático:

—Le han puesto dos inyecciones y le dieron masaje al corazón.

—¿Tú? —se asombró el médico.

El catedrático sonrió, divertido.

—No, no. ¡Qué sé yo de esas cosas!

—Pues el que lo hizo supo bien lo que inyectaba y lo que hacía. Se hubiera muerto... ¿Fue usted, Helen?

Se adelantó Sandra:

—Fue Simon, un auxiliar sanitario... que tenemos de huésped.

El médico miró en todas direcciones buscando al tal Simon.

Helen, adivinando lo que buscaba, dijo:

—Se ha retirado. Lo tendió en el suelo porque yo lo estaba sujetando. Le dio las inyecciones y el masaje, y después se fue con su maletín.

—Díganle que venga.

Sandra no se movió.

Temblaba, asida al marco de la puerta.

—Mauren, ve a buscar a Mister Matanee.

—Sí, señora.

Se fue y, al rato, regresó sola.

—Viene ahora. Se está vistiendo...

El médico se levantó, comentando:

—Es asombroso lo que saben hoy los sanitarios. De no haber sido por la pronta intervención

100

de ese hombre, Jim hubiera muerto. No todos los médicos saben prestar esos primeros auxilios a un infartoso… Jim, has resucitado gracias a ese joven… ¿O no es joven?

—Es joven —dijo Helen.

Simon aparecía allí, mudo, tétrico, algo pálido, pero dentro de su aparente menguada personalidad.

El médico, al verlo, fue hacia él y le puso una mano en el hombro.

—De modo que se llama usted Simon…

El aludido asintió sin pronunciar palabra.

—¿Dónde aprendió a hacer tales cosas? Es la labor de un médico, sin duda…

—Trabajo en una clínica, al fondo de la calle.

—No lo dudo, pero… —lo miró, parpadeante—. A ningún auxiliar sanitario se le hubiera ocurrido poner esas inyecciones y dar el masaje en el lugar exacto que usted hizo. Ni para ciertos médicos es fácil eso. Le aseguro que un masaje mal aplicado mata más que salva… Es extraordinario. Ayúdeme, por favor, y tú, Silvester, llama al hospital que venga una ambulancia. De momento, Jim no corre peligro a menos que le repita, pero sí que está preparado para ser conducido a un hospital donde se recuperará pronto —miró de nuevo a Simon—. ¿Quiere usted venirse a trabajar conmigo?

—Gracias, doctor. Pero tengo mi ocupación en la clínica de Mister Miller.

—¡Pues vaya alhaja que tiene el tal Miller en su clínica, se lo aseguro! Repito que ni un médico hubiera reaccionado así.

Sandra escuchaba todo esto.

Vio, después, como en una cinta cinematográfica, cómo llamaban y todos se movilizaban y entraban los camilleros colocando en una camilla al enfermo que ya no tenía los labios amoratados y el color casi natural volvía a su rostro.

El médico aún palmeó el hombro de Simon.

—Se lo digo —añadió—. Si un día lo desea, a mi lado tiene un trabajo más entretenido y menos monótono que en una clínica, poniendo inyecciones a todos los habitantes del barrio.

—Gracias.

Se llevaron al militar, y el catedrático se quedó lamentándolo. Simon desapareció sin mirar siquiera a Sandra, como si tuviera miedo mirarla a los ojos.

Helen respiró profundamente.

—¡Qué susto me ha dado! Desde mi cuarto le sentí salir tambaleante y dando unos ronquidos rarísimos.

—Yo también —dijo el catedrático—. Por eso salí así. Perdone, señora Helen.

La dama se miró a sí misma y se encontró cubierto su camisón con una bata mal atada a la cintura.

—El caso —dijo—, es que el señor militar se cure.

—¿Se ha fijado en la habilidad de Simon para darle el masaje y cómo, sin un titubeo, supo la inyección que tenía que ponerle?

—Su andadura no es vana —dijo Helen.

—Es posible, sí, pero recuerde lo que dijo el médico —se alzó de hombros—. Me retiro ya. Todo ha pasado. Esperemos que Jim se reponga pronto.

Se iba.

Sandra aún continuaba pegada a la puerta. Fue cuando su madre reparó en ella.

—Sandra, no te habías desnudado.

—Me había dormido sobre el lecho vestida y todo, cuando de repente sentí tus gritos.

Helen la asió de la mano y la llevó pasillo abajo después de apagar las luces.

—Pues ve ahora y desvístete. Mira la hora que es. Las tres de la madrugada.

Miró en todas direcciones.

Después susurró bajo:

—Ese Simon… es raro. Muy raro.

—¿Por qué, mamá?

—No sé. Te puedo decir que me pareció raro.

Y, juntas, entraron en el cuarto de Sandra. Mientras la joven se perdía en el baño, dispuesta a desvestirse, la dama se sentó, pensativamente, en el borde del lecho de su hija.

—Sandra —decía, y la joven respondía «sí» desde el baño—, ni un médico, tiene razón Bernard, hubiera reaccionado igualmente. Con tanta prontitud y sin siquiera saber lo que tenía que darle al enfermo. Fue todo rapidísimo...

Sandra salió, atándose el cordón de la bata.

—Estás pálida, Sandra...

—El susto.

—Es verdad. Fue terrible. Pero sigo pensando que Simon cada día me parece más raro. Sin duda oyó los ronquidos del militar ya desde su cuarto. ¿Pero, puede un auxiliar sanitario distinguir unos ronquidos de otros?

—¿Qué quieres decir?

—Él apareció en pijama, despeinado y despavorido pero con un maletín que contenía lo preciso. Es lo asombroso. ¡Y con qué agilidad le daba los masajes...! Y con qué premura reaccionó el enfermo... No lo entiendo, Sandra.

—¿Qué es lo que no entiendes?

—Que después de hacer su labor y dejar al militar recuperado, se haya incorporado e ido como si no hiciera nada.

—Simon es así.

—Muy raro, es lo que te digo, Sandra —su voz, se engolaba—, le voy a hablar.

—¿En qué sentido, mamá?

—Le voy a decir que busque alojamiento.

—No tienes ningún derecho a echarlo. ¿Por-que ha curado a uno de tus huéspedes?

—¿Y a ti?

—¿A mí?

—¿Acaso no lo recuerdas? Igualmente cuan-do el médico vino, preguntó qué médico te había visitado antes.

—Mamá, no tienes lógica. Si toda la vida es-tuvo en una clínica curando enfermos…, ¿por qué no ha de saber?

—Miller también lo estuvo y estoy segura que en un caso de éstos se echa a temblar y no hace nada positivo.

—Bueno. ¿Y con eso qué quieres decir?

—Eso es lo raro —murmuró la dama, levan-tándose—, que no lo sé. Pero sigo pensando que todo es rarísimo. Le vi actuar a Simon tanto cuan-do tú enfermaste como esta noche… No hace, así, un sanitario.

—Sigo sin entenderte.

Ni ella se entendía.

Sólo sabía que aquello no le parecía natural y que le molestaba tener en su casa a un hombre tan desconcertante.

—De todos modos —dijo— creo que lo pen-saré esta noche y es posible que mañana le pida que se marche.

Sandra se plantó ante ella.

Su voz sonaba ronca.

—Tengo veintitrés años y no soy ninguna niña. Si echas a Simon, me iré con él.

—¡Sandra!

—Ya lo oyes.

—Pero si él no te ama…

—¡Me ama! —gritó—. Sé que me ama… Mamá —suavizó la voz—, piénsalo. Debieras de estarle agradecida a Simon y parece que no lo estás.

En cierto modo, tenía razón su hija.

Se dirigió a la puerta diciendo, pensativa:

—He de reflexionar. Sí, esta noche lo haré…

11

La reflexión la llevó aquel anochecer, a la clínica de Miller.

Realmente, Miller era una excelente persona, pero ni descollaba por sabio ni por hábil. Era un hombre que poseía una clínica en el barrio y que, aparte de inyectar, curar una herida o entablillar una pierna antes de ser escayolada, maldito si más cosas hacía, ni tampoco sus ayudantes. Pero el barrio era grande y las clínicas así, particulares, no abundaban, de modo que, quisieran o no, todos caían allí a curarse, y Miller ganaba su buen dinero y podía, así, pagar espléndidamente a sus tres ayudantes, entre los cuales, desde hacía cosa de un año o más, se contaba Simon Matanee.

Sabía que a aquella hora hallaría a Miller solo, con la asistenta, la cual tras limpiar la clínica se iba y Miller detrás, después de dejar en ella al auxiliar de guardia que le correspondiese por turno.

No es que Helen y Miller fuesen amigos íntimos; pues la vida social les había separado siempre. Pero una vez muerto el marido de la dama, Helen hubo de deponer su tren de vida ambiental y, además, Miller, fue quien curó a su esposo durante la enfermedad. Es decir, quien le inyectó la morfina hasta el final.

Así se hicieron buenos amigos y tras aquello, cuando ella decidió admitir huéspedes acudió a Miller que tenía más trato con la gente que ella misma, pues su ambiente siempre fue superior al de Miller y en la actualidad ambos andaban por igual en dicho ambiente.

Se personó, pues, en la clínica aquel jueves por la noche y Miller al verla le salió al encuentro con la mano extendida. Helen Brenan podía tener huéspedes en su casa, e incluso pedir limosna si el caso llegaba, pero, para el concepto de Miller, nunca dejaría de ser una de las damas más importantes de aquel barrio y su respeto hacia Helen era mucho.

Estrechó la fina mano que la elegante dama le tendía y le ofreció un asiento.

La verdad es que Helen no sabía aún, a ciencia cierta, a qué cosa iba allí. Sabía que Sandra estaba profundamente enamorada de Simon, y que aquel

Simon extraño vivía en su casa desde hacía un año y lo que realmente la sacaba de quicio es que, pese a convivir en su hogar, no le conocía en absoluto.

Al tener a Miller delante, obsequioso y respetuoso, se daba cuenta de que el motivo de su ida allí era para averiguar cosas de Simon, su huésped, pues no en vano recordaba lo ocurrido y más que un auxiliar vulgar y corriente, le parecía algo muy superior.

Y si era así, sin duda tendría que saberlo Miller.

—Dígame en qué puedo serviría, señora Brenan —se ofreció Miller, tomando asiento enfrente de ella.

Helen le refirió lo ocurrido la noche anterior en su casa, y luego preguntó:

—¿Ha observado usted algo parecido en el tiempo que lleva aquí?

Miller sonrió, animoso.

Era un tipo noble y bueno, sin malicia, y se sentía muy contento de tener en su clínica a Simon.

—Muchas veces —dijo feliz—. Simon es una alhaja. Le aseguro que jamás soñé con tener en mi clínica un tipo tan entendido. No hace ni un mes, un muchacho llegó, con su padre, medio ahogado. Me refiero al muchacho, de unos diez años, en la mesa de operaciones y le sacó una espina que tenía atravesada en la garganta. Fue casi

109

una operación, pues el joven, una vez auxiliado de urgencia, pasó al hospital. Así podía contarle casos a montones. A decir verdad, mi clínica, desde que Simon trabaja en ella, se ha hecho famosa en el barrio y aun lejos de él.

—Pero usted sabrá de dónde procede.

—¿Simon? ¡Oh, no! Nunca habla de sí mismo. No trasnocha como usted sabe, y sólo falta una vez a la semana durante casi todo el día. Se marcha antes de almorzar y, según Sandra me dijo, no lo hace a su casa.

—Ni regresa a dormir.

—Ciertamente así me lo hizo saber su hija. Pero si desea saber adónde va, yo no se lo puedo decir. Simon es como una nuez sin cascar. Nadie sabe lo que hay dentro. Si he de juzgar a Simon, es por sus hechos y le aseguro que son intachables. Correcto, discreto, honesto y trabajador. Es todo lo que de él puedo decirle.

—Me dice usted que mi hija estuvo a verle.

Miller se menguó un poco.

—Sé lo que pasa, Miller —apuntó Helen, con suavidad—. Sin duda se aman, pero lo que no acabo de entender es qué cosa separa a Simon de Sandra, si realmente la ama. No me gustaría que mi hija tropezase. Es duro soñar con la felicidad y llevar, en cambio, un buen cachete en la cara. No deseo eso para Sandra. Es por eso, y por la curiosidad que me supone la forma cerrada de ser de Simon, por lo que estoy aquí. Creí que sabría, usted, más cosas de él.

—Nada —se lamentó Miller—. Un día llegó aquí; pidió trabajo y como no tenía título, yo me las arreglé con mi influencia para sacárselo, cuando vi lo que sabía.

—Lo cual indica que cuanto sabe no lo aprendió con usted.

—¡Oh, no! Yo dudé de sus conocimientos y, entonces, lo puse a prueba, porque me pareció un muchacho formal y preparado. No obstante, tenía mis dudas al respecto, pero nada más verle trabajar, comprendí, que sin título o con él sabía lo suyo y, por supuesto, más que todos los auxiliares que yo tenía a mi servicio.

—¿Quiere usted decir que ni siquiera era practicante titulado?

—Ciertamente, así es.

—No lo entiendo.

—Yo no demasiado, pero estoy contento con él y no pienso deshacerme de su colaboración, pues un día cualquiera yo me retiro y pienso dejarle la clínica, con el fin egoísta de que me pague algo en mi vejez y, a la vez, se gane él su dinero. ¿Entiende, señora Brenan?

—¿Y no teme que un día se marche de la misma forma silenciosa que ha venido?

—No me lo parece. Al menos yo intento y lo logro, creer en él y en su honestidad. La única laguna que para mí existe es su silencio prolongado todo el día, o la semana, o el mes, y esas visitas que hace, de las cuales lo ignoro todo. No obstante, Sandra me ha dicho que es divorciado y que, sin embargo, atiende a su esposa... Eso es lo raro. Supongo que tendrá hijos, ¿entiende? Y el dinero que gana, y gana mucho, lo emplea en atender a sus hijos que, seguramente, viven con su mujer, y es adonde va, esos viernes de cada mes.

Helen no prolongó su visita.

Pero era mujer de recursos y decidió que sabría adónde iba esos viernes de cada semana.

* * *

No le dijo nada a Sandra.

Al fin y al cabo, lo que ella pretendía era poder persuadir a Sandra de que dejara de pensar en un hombre que no le convenía.

Y que Dios la perdonara, pero nada le causaría más placer que poderle decir a su hija que aquel Simon misterioso tenía media docena de hijos.

El viernes por la mañana, antes de que su hija se fuese a la Facultad, le dijo que se marchaba a ver a una amiga a un hospital y que posiblemente no regresaría hasta el sábado. Que se hiciese cargo de todo y que no olvidara ningún detalle, y, sobre todo, que visitara al militar en el hospital donde estaba internado.

Una vez dicho esto se vistió de hombre. Aún era joven y la ropa masculina en su delgadez y elegancia sentaba bien. Usó gafas oscuras, peinó el cabello hacia atrás y, dentro de las ropas negras, resultaba irreconocible.

Así fue a sentarse en una esquina de la cafetería desde donde podía atisbar la salida de cualquiera que lo hiciera de la clínica. A las dos, vio salir a Simon dentro de su pantalón azul, su camisa igual y su suéter del mismo color. Caminaba como encogido, la cabeza metida en los hombros. Realmente era curioso aquel hombre. Tenía un patetismo casi irreal en su mirada y cuando no sabía que era observado, aún se menguaba más. Lo vio atravesar la calle e irse directamente a la parada del *bus*. Ella se levantó y le siguió a corta distancia y también esperó el *bus* al final de la cola, bajo la marquesina.

Cuando llegó el *bus* vio a Simon subir uno de los primeros, de modo que ella lo hizo casi de los últimos pero sin perder de vista al auxiliar sanitario.

La incógnita, si la había, iba a ser despejada.

Y Sandra tendría dos alternativas. O terminar con aquellos sentimientos, ahogándolos y destruyéndolos, o sabiendo toda la verdad sobre aquel misterioso personaje en cuya vida, no cabía duda para Helen, algo muy raro se ocultaba.

El *bus* hizo varias paradas, pero Simon que leía la prensa incrustado en un asiento de los delanteros, no se movió, con lo cual tampoco Helen lo hizo.

A la quinta parada, Helen vio que estaba ante una estación de ferrocarril y vio, asimismo, que Simon doblaba el periódico, y encogido como él parecía estar, descendía y entraba en la cafetería.

Desde una esquina, vio cómo se sentaba ante la barra y pedía un plato combinado que se comió rápidamente, con una cerveza. Luego lo vio dirigirse a una ventanilla lateral y le siguió a corta distancia, de forma que oyó lo que Simon pedía al señor de la ventanilla:

—Un billete para Jackson.

Pagó, recogió el billete y el cambio, y se alejó hacia el andén número veinte.

Helen hizo lo propio y también se deslizó, cautelosa, por aquel andén. Observó cómo Simon, sin un titubeo, subía al tren y ella lo hacía detrás, quedándose rezagada.

El tren emprendió la marcha minutos después, y al llegar a la estación de Jackson donde había mucho movimiento, Helen hizo ímprobos esfuerzos para no perder a Simon de vista. Lo vio subir a un taxi, y entonces ella subió a otro y pidió al conductor que siguiera al primer taxi.

Recorrió varias calles y se internaron en las afueras de la periferia de la ciudad. De repente, el primer taxi se detuvo y Helen quedó algo envarada, pagando al taxista del suyo.

Aquello era un hospital psiquiátrico.

Como vio a Simon perderse escalera arriba, ya no intentó seguirle. El objetivo ya lo conocía y prefería llegar a recepción después que Simon. Por otra parte, aún no sabía cómo iba a averiguar qué cosa buscaba allí Simon.

Pero fue más fácil de lo que suponía.

Al rato, y después de decirle al taxi que esperase, se introdujo en el hospital, que era blanco y grande, y por recepción había montones de gente.

Un ramalazo le vino a Helen a la mente. Era mujer inteligente y de grandes recursos; hablaba perfectamente y su léxico no era nada corriente. Se apreciaba en ella a una mujer ilustrada. Así que se dirigió a recepción y preguntó por la enferma señora Matanee. La recepcionista buscó en un libro.

—Está muy mal —dijo.

—Me envía su esposo… Él no ha podido venir hoy —añadió suponiendo, y suponía bien, que después de tanto ir por allí, Simon no se detendría en recepción, sino que subiría directamente al cuarto de la enferma—. Si está tan mal, no merece la pena subir a verla.

—Es que no creo que pueda verla —le dijo la recepcionista—. Tengo entendido que se halla en cuidados intensivos. La enfermera andaba por aquí hace un rato. ¡June! —llamó—, ¡ven un segundo!

Acudió una joven vestida de blanco, rubia y con pecas. Parecía amable y simpática.

—Esta señora viene a ver a la drogadicta…

—¡Imposible! —dijo June, rotunda—. Está muriéndose… Es imposible soportarla. Nos da el té todos los días. Lleva aquí tres años y no hemos sido capaces de dominarla. No se ha deshabituado en tres años. No creo que dure más de esta noche, y eso si llega. Hace cosa de un año se nos ha escapado y hemos tenido que recurrir al marido para recuperarla. Y eso que están divorciados, pero ese hombre es más que un santo. No falla nunca los viernes, que es el único día que le permitimos entrar y velarla…

—Pobres hijos —murmuró Helen, a su pesar impresionada.

June era habladora.

—No los tiene —dijo con sencillez—. Menos mal. Pero el marido es un esclavo. Está divorciado de ella y cuando se nos escapó, recurrimos a él. No sé aún cómo lo encontró el jefe, el caso es que es quien paga todos los gastos… Un verdadero drama. No tenía ningún deber y, sin embargo, nos ayudó a localizarla. Andaba por un garito de ésos, perdida, destrozada. La metimos aquí, pero el resultado es nulo. Está como una espátula y estos días lucha con la agonía, pero como le inyectamos morfina debido a la enfermedad, se morirá en la gloria porque, al fin y al cabo, está en su ambiente. —De repente, June añadió—: Si desea verla, no es posible. Ni el marido, aunque viniese, se podría quedar esta noche a menos que decidiera sentarse a esperar. La enferma está en intensivos y de ahí seguro que no sale a menos que la saquemos muerta.

Helen habló aún algo más, dio las gracias y giró sobre sí misma regresando al taxi.

Sabía más de lo que deseaba y de alguna manera le devolvía la honra a Simon, pues el hecho de que estuviera divorciado, no significaba que, en trances así, abandonara a su ex mujer.

12

No dijo ni palabra a nadie. Aguardó los acontecimientos. Simon no regresó aquella noche, pero al día siguiente aparecía en el comedor encogido como siempre, silencioso y tétrico.

Helen dio algunas vueltas por el comedor, observando a su hija que servía la mesa, en silencio, a los dos comensales. La conversación de Simon era nula, pero el catedrático le hablaba del enfermo militar y le decía que, poco a poco, se iba recuperando.

Simon no pronunciaba palabra, pero parecía escuchar a su interlocutor con corrección y amabilidad.

Helen se preguntaba si la ex esposa habría muerto, pues si la muerte la iba a juzgar por el semblante de Simon, no era posible. Jamás fue más alegre ni animado de lo que estaba siendo.

En sus negros ojos había la misma nebulosa plastificada, aquella inmovilidad casi cadavérica pese al conjunto varonil de su semblante. Era, sin duda, pensaba Helen que lo estaba observando como nunca lo había hecho, un hombre atractivo; lo poco que hablaba lo decía con suma corrección y a las claras se apreciaba que no era un hombre vulgar y sí muy, pero que muy ilustrado.

Era lo más raro para Helen, que siendo un hombre tan ilustrado se dedicara a pinchar pieles sarmentosas de todos los que acudían a la clínica que eran, sin lugar a dudas, la pobreza del barrio.

No mencionó a su hija las averiguaciones hechas. Una vez observado que Simon seguía triste y cejijunto como siempre, se fue a la cocina a disponer el postre.

Por otra parte, Sandra intentaba, por todos los medios, encontrarse con los ojos de Simon, pero se diría que éste bajaba los suyos hacia el plato y no los elevaba para evitarla de todas, todas.

Se retiró primero que nadie, tras pedir su permiso y no se fue a su cuarto, sino que salió a la calle, pensó Sandra que con toda la intención para no verse a solas con ella.

Por eso decidió verle, y como conocía sus costumbres, se fue, después de salir del trabajo, a la cafetería a esperar que saliera Simon.

Si él no se dirigía a la cafetería pensaba que ella, sin ningún titubeo, le atravesaría el camino. No era cosa de dejar pasar los días sin una aclaración a lo ocurrido en el salón de su casa.

Aún le parecía sentir, en la piel, los dedos nerviosos de Simon.

No era el hombre que parecía.

Ella creía haberlo conocido un poco más a través de las manifestaciones de su amor. Así que cuando lo vio salir y dirigirse con los hombros algo hundidos hacia la cafetería, se estiró un poco. Simon entró y no miró a parte alguna.

Se diría que cuanto le rodeaba le interesaba un bledo.

Caminó hacia la barra y se recostó en ella.

Anochecía ya.

Y la luz de la cafetería parecía poner más sombras en su, de por sí, triste semblante.

Era lo que Sandra nunca comprendería de él, aquella expresión apagada y muda. Aquel aire desvaído y lastimero. Aquella hombría que, sin duda existía y parecía ocultarse bajo el vaivén de unos hombros hundidos en el pecho como si la vergüenza le ocultara la cabeza y se la metiera, más y más, en el tronco.

¿Por qué razón?

¿Por la mujer que visitaba y de la cual estaba divorciado?

Tampoco comprendía por qué, hallándose divorciado de su mujer, tenía que visitarla, y sin duda lo hacía, dado que faltaba todos los viernes. ¿Dormía con ella? ¿Era tan necio que, divorciado de ella, la necesitaba? ¿Cómo la necesitaba? ¿Espiritual, física, sexualmente, emocionalmente?

Estas interrogantes no tenían respuesta. Así que se levantó del lugar donde estaba y, como era tan decidida como su madre, atravesó la cafetería y se acodó a su lado diciendo:

—¡Hola, Simon!

Él se volvió con presteza.

En aquellos súbitos movimientos se advertía al hombre que había bajo aquel desmadejamiento.

—Sandra —susurró—, tú aquí…

Ella no respondió.

Lo miraba largamente. Muy largamente, de modo que Simon parpadeó con tibieza. Hubo un raro e impulsivo movimiento en él. Bajó la mano y se apropió de los dedos femeninos, con intensidad.

Sandra pensó que era el hombre del salón. Aquel que oprimía su cuerpo contra el de ella, el que la besaba en los labios como si la estuviera poseyendo.

Pero, de repente, soltó los finos dedos y quedó de nuevo laso, ausente.

—Simon…, intentas engañarte a ti mismo.

No. Simon no lo intentaba.

No era él hombre que se engañase. La vida le había azotado demasiado.

Pero prefería ver pasar la felicidad ante él.

¿Qué tenía que ofrecer a cambio?

¡Nada!

Como si, de repente, hallara aquélla y no otra respuesta a su muda interrogante, giró sobre sí y dio un paso al frente, a lo cual Sandra intentó retenerlo.

Pero Simon la miró de nuevo. Tenía un raro brillo en los ojos. En aquel instante no parecía el hombre tétrico y desvalido, sino, más bien, un suicida alterado.

—Déjame en paz, Sandra. Te he dicho que no te convengo. ¿Oyes? —su voz se hacía sorda—. No convengo a nadie.

Y salió delante de ella.

Sandra intentó seguirle, pero ya Simon se perdía calle abajo, a paso casi corriendo.

«¿De qué escapaba?», se preguntaba Sandra, angustiada.

¿De ella?

Pero ¿por qué, si le ofrecía lo mejor de su ser?

Durante años, ella salió con sus amigos y creyó justa e ingenuamente amarlos a todos, uno a uno, pero bien sabía que a la sazón que no había amado jamás a nadie. Ya no era la niña de entonces. Las pasiones, los deseos, las ansiedades se definían perfectamente y ella las entendía y no ignoraba que el único hombre que en realidad amaba era aquel que, sin duda, la amaba a ella, pero que escapaba como un cobarde.

¿Cobarde?

No supo cuándo llegó a casa.

Tarde. Más que otras veces.

Su madre la miró con rapidez y dijo:

—¿Por qué tardas tanto, Sandra? Hubiera pensado que estabas con Simon si no fuera que le vi llegar hace más de dos horas.

—Huyó de mí —dijo Sandra con sencillez y refirió a su madre el encuentro en la cafetería.

La dama no dijo nada, al pronto.

Después comentó, de modo raro:

—Sus razones tendrá.

Y pensó que esperaría al viernes. Si Simon se quedaba en Detroit sería que la esposa había muerto.

Pero si aquélla había muerto, si amaba a su hija, ¿qué otra cosa impedía que fuese un hombre feliz, si hombre de bien ya sabía Helen que lo era?

No entendía bien la situación.

Por eso dijo a su hija:

—Puede que resultes pesada, Sandra. ¿Por qué no le dejas navegar a su aire?

—Me ama.

—¿Y no será espejismo tuyo?

—No.

Y tenía razón.

En aquel instante, Simon se hallaba tendido en su cama. No había bajado a comer. No quería ver a nadie ni escuchar cómo andaba el militar de salud.

Prefería marginarse él mismo de todo cuanto acontecía en torno a sí, incluyendo a Sandra…

Era mucha mujer para él.

Mucha Sandra.

Pura, sencilla, virtuosa, apasionada, vehemente, emocional…

Se tiró del lecho y pasó las dos manos por la cara, estrujando con saña su piel. Después retiró las manos y miró a lo alto. Sus ojos estaban ensombrecidos, pero al mismo tiempo había una luz terrible de rebeldía en ellos.

Desde aquel instante esquivó a Sandra todos los días.

Y llegó el viernes.

Helen esperaba con ansiedad. La disimulaba, pero sabía que de aquel viaje dependían muchas mudas respuestas a sus no menos mudas interrogantes.

A la hora de almorzar vio llegar a Simon como siempre. Mudo y absorto, lejano, ido. Pero tampoco estaba diferente a cualquier otro día.

Hacía más de veinticuatro horas que Sandra se había negado a servir la mesa, de modo que lo hacía ella sin regañar con su hija. Comprendía su postura y esperaba el momento de intervenir ella. Así que se fueron todos del comedor, lo primero que hizo fue buscar en la guía del teléfono el número del hospital psiquiátrico de Jackson.

Cuando lo tuvo delante lo anotó en un papel y se cerró en el pequeño despacho que en su día fuera de su marido y que, a la sazón, ocupaba ella para sus cuentas y a veces, más de una, para reflexionar.

Amaba a su hija. No pretendía contradecirla, y ya para entonces sabía lo que era un tipo como Simon Matanee.

Marcó, pues, el número de la centralita y pidió que la pusieran con la enfermera señorita June.

Le preguntaron por el apellido y dijo que si no localizaban a la señorita June, sin apellido, le pusieran con recepción.

A eso accedieron y cuando oyó la voz al otro lado se preguntó qué excusa buscaría para saber si aquella drogadicta había fallecido.

—Señorita —dijo, sin titubeos—, me intereso por la salud de la señorita Matanee. Soy una parienta y, si bien he visto a Simon Matanee, fue hace cosa de dos semanas, por lo cual ignoro cómo sigue de salud su ex mujer. La última vez que supe de ella se hallaba en cuidados intensivos.

—Aguarde un instante, que ahora mismo intentaré informarla.

Tardaron más de diez minutos en hacerlo.

—Señora.

—Sí, dígame.

—Falleció la noche del viernes pasado. Justamente hace ahora ocho días.

—¡Oh, gracias!

Y colgó.

Se quedó rígida.

¿De qué madera estaba hecho aquel hombre?

Sin duda, apreciaba a su mujer, pues de lo contrario no se ocuparía de ella y, sin embargo, cuando lo vio aquel sábado pasado no halló en su rostro vestigio alguno de tristeza final, pues la cara de Simon era, ni más ni menos, como siempre.

Fue aquel anochecer cuando se asomó al balcón que vio las dos figuras avanzar. Silenciosas ambas, mudas, casi tétricas las dos.

Decidió que Sandra, andaba demasiado tras él. Así que, como el catedrático no estaba y el militar continuaba en el hospital, pensó que era el momento para abordar a ambos a la vez. A su hija y a Simon.

Se retiró de la ventana y se fue al vestíbulo.

Los vio entrar mudos y absortos. Ignoraba si había existido explicación entre ambos. Y como era mujer que no se andaba con paños mojados, se detuvo ante Simon ignorando a su hija que la miraba asombrada, y le espetó de buenas a primeras:

—Simon, le voy a rogar que deje mi casa.

Simon elevó vivamente la cabeza.

—¡Ah! —exclamó tan sólo.

Sandra gritó:

—Mamá…

La dama miró a su hija con ternura.

—¿No es mejor para los dos? Simon no te ama, Sandra. Hay que decir las cosas claras. De amarte, sería distinto.

Simon fijó en ella sus negros ojos nebulosos.

—No, señora —dijo—. Yo amo a Sandra. Jamás ame a mujer alguna como la amo a ella.

—¿Entonces qué juego es éste? Sandra ya no es una niña y usted… no es ningún crío. ¿Qué les impide formalizar las relaciones y casarse? —y de súbito añadió inesperadamente—: Si antes no se casaba por respeto a su mujer, ésta ya ha fallecido.

Simon quedó petrificado.

Sandra miró a su madre, desvariada.

Después a Simon locamente interrogante.

—¡Mamá! —gritó—, ¿qué sabes tú de eso?

—Pregúntaselo a Simon.

El aludido se había pegado a la pared del vestíbulo y miraba en torno como animal acorralado.

De repente, ante la viva mirada interrogante de ambas mujeres, susurró con desaliento:

—Es todo terrible —se cubrió el rostro entre las manos—. Terrible, terrible.

Y cruzó delante de ellas, tambaleante, hacia las escaleras.

13

Madre e hija, al quedarse solas, se miraron interrogantes.

La dama parecía patética.

La hija loca de dolor.

—Mamá, ¿qué has querido decir?

—Lo que he dicho —y, a renglón seguido, le refirió a su hija todo cuanto sabía—. Y nunca fue impedimento una ex mujer drogadicta para tu matrimonio. De modo que aquí con lo que se juega es con la verdad. Y la verdad es ésa, total y escueta. Si Simon, y tú misma lo has visto en su escapada, no te habló de matrimonio, ni siquiera casi de su amor hacia ti, es que no te ama. Nada me disgusta más que jugar con paños mojados. O se vive la verdad o se manda todo al traste. Yo sé que tú le quieres de veras y entiendo que él es hombre de bien, máxime sabiendo lo que hizo por su mujer, de la cual estaba divorciado. Pero yo me pregunto qué cosa, si la esposa ha muerto, le separa de ti y qué cosa enturbia tanto la mirada de sus ojos. Sandra, razona, márchate de vacaciones y estate dos meses por ahí. No ando sobrada de dinero, pero te daré todo cuanto tengo, con tal de que me quites esta pesadilla del medio.

—Todo cuanto me has dicho me conmueve —susurró Sandra, sollozando—, pero nada de ello justifica el que Simon no me ame, mamá.

—No es lugar aquí para hablar de eso. Vamos a mi despacho.

La asió de la mano y la llevó con ella.

Sandra parecía que arrastraba los pies y al llegar al pasillo superior e ir a entrar en el despacho, vieron la figura de Simon apoyada contra la pared.

—Simon —gimió Sandra, y corrió hacia él.

Cosa rara, Simon levantó una mano y apretó aquellos hombros contra sí.

La apretó mucho.

Miró, también, a Helen con expresión ida.

Helen tenía un nudo en la garganta. Parecía menguada y deprimida.

No sabía oponerse a aquella ternura que apreciaba en los dos, pero tampoco sabía, ni podía, justificar el patetismo de Simon.

—Es mejor que entréis ahí —dijo.

Y mostraba el despacho.

—Mamá —murmuró Sandra apretándose contra Simon—, no lo puedes echar, no lo puedes despedir.

—Entrar ambos. Supongo que Simon tendrá algo que decir.

Poco.

Casi nada.

Miraba ante sí.

Cierto que tenía los hombros de Sandra apretados contra sí, pero no era suficiente aquel contacto para disipar su tremenda amargura.

—Yo no sé qué decirle, Helen —murmuró.

—¿Qué no sabes? ¿No sabes, referente a mi hija?

—A ella sí —y la miró con brevedad—. A ella sí. La amo.

—¿Y qué cosa te impide a ti casarte?

—¿Qué le ofrezco?

—¿Qué dices?

—No tengo nada que ofrecer.

Y soltó a Sandra agitando los brazos y dejándolos caer pesadamente a lo largo del cuerpo.

—Has corrido con todos los gastos de la enfermedad de tu ex mujer y has trabajado para ello. Fueron duros gastos. Muchos. Apenas si después de pagar el sanatorio, te quedaría para vivir tú.

Simon ya lo sabía.

No respondió a lo último.

Dijo, en cambio:

—Procedo del Canadá. De Montreal, concretamente.

—Eso no me dice nada —murmuró Helen, con voz bastante dura.

—Mamá, no tienes derecho a desmenuzar así la vida de Simon.

—¿Y por qué tiene él derecho a guardar silencio?

—Mamá…

—No, Sandra. Eres lo que más quiero en este mundo y la hora de la verdad ha llegado. Para ti, para mí y para Simon. Yo no soy nadie para elegirte marido. Has de hacerlo tú. Si Simon dice y asegura que te ama, ¿qué ocurre? ¿Es que vais a estar así toda la vida? ¿Tú penando y él mirándolo todo, como si todo en la vida le diera asco?

Simon dijo algo que dejó a las dos mujeres paralizadas.

—Es que me lo da, Helen.

—¿Cómo? —gritó la dama, sin entender.

Sandra miró a Simon con ansiedad.

—¿Qué cosa te da asco, Simon?

Y Simon dijo, con voz apagada:

—La vida. Todo, menos tú… menos tu madre. Menos pocas cosas. Todo me da asco.

—Pero… ¿por qué razón?

Simon se separó de Sandra y de Helen.

Súbitamente buscó donde sentarse y él, tan educado, se perdió en un sillón dejando a las dos mujeres de pie.

No las miró.

Apretó la cara entre las manos y agachó la cabeza casi metiéndola en las rodillas.

* * *

Se notaba, y las dos mujeres así lo apreciaban, que el dolor de Simon, procediera de donde procediera, era patético, hondo y desgarrador.

No le interrumpieron.

Le veían inmóvil y hundido.

Los hombros, aquéllos hombros de hombre siempre algo encogidos, se agitaban en aquel instante lo que hizo pensar a Sandra y a su madre que Simon estaba sollozando.

Fue Sandra, que le amaba de veras, la que se acercó a él. Dio un paso al frente y trató de quitarle las manos de la cara. Pero Simon se levantó y sin dejar de tapar su cara giró sobre sí y se pegó a la pared con la frente inclinada sobre aquélla.

Sandra miró a su madre como pidiéndole ayuda.

—Algo grave le pasa, mamá.

Helen ya lo estaba viendo.

Se dio cuenta, también, que la muerte de la drogadicta no era la causante de aquel dolor. Más hondo, cuanto más hombre era. Un hombre como

Simon que, pese a su expresión patética, demostraba a cada instante la firmeza digna y masculina que tenía.

Se acercó a él con paso lento.

No le separó de la pared.

Simon sollozaba y era terrible para Helen ver llorar a un hombre como él.

—Muchacho —dijo—, ¿qué cosa ocultas, muchacho?

Simon secó sus lágrimas.

Dio un manotazo en su propia cara.

—Simon —susurró Sandra, acercándosele—, Simon querido, ¿qué te pasa?

—Es mejor que me marche de esta casa —dijo, serenándose, pero palidísimo—. Es mejor lo que dice tu madre, Sandra. Que huya, que te deje. Tú eres joven y hermosa y hallarás un hombre mejor que yo.

—¡Simon! —gritó Helen—, ¿has matado a alguien?

—¡Oh, no!

—¿Has robado?

—¡No, por Dios!

Y de nuevo, al responder negativamente, pasaba una y otra vez los dedos por el pelo, tratando de echarlos de la frente.

—¿Quieres que hablemos tú y yo a solas, Simon? —preguntó Helen.

—No —dijo él, agónicamente—. No. Si algo hay que saber, mejor que lo sepa Sandra.

—¿Hay algo que saber, Simon?

—Tanto...

—¿De qué?

Simon se volvió de nuevo.

Pegó la frente a la pared y atosigó el pecho con las dos manos.

—Me han arruinado.

—¿Qué dices?

—La vida.

—Pero...

Intentaba hilvanar ideas.

Referirles lo que ocurría.

Un día tendría que decirlo.

Pero costaba.

Era como arrancarle la propia vida.

No era tan fácil.

Pensó que ambas lo comprenderían, pero era demasiado duro todo ello para referirlo así, abotargado como estaba.

Las miró desolado, levantando la cabeza. Sus ojos parecían más nebulosos que nunca. Tanto era así, que las dos se impresionaron.

—Simon —susurró Sandra, pegándose a su lado y asiendo entre sus dos manos la cabeza masculina—, muy dolido estás. Muy deshecho, Simon. ¿Qué cosa te han hecho, que así te destruyeron?

—Me casé a los veinticinco años. Ya era médico… Amaba mi profesión.

Las dos saltaron.

Helen susurró, atosigada:

—¿Médico?

—Médico, sí…

—¿Y estás haciendo las funciones de auxiliar?

—Ése es el problema. El terrible y desastroso problema. No puedo ejercer mi carrera.

Y de nuevo aquellos ojos nebulosos se llenaron de lágrimas.

Sandra se separó de él para verlo mejor. Temblaba.

Helen asió una mano de Simon y la apretó con fuerza.

—Simon —dijo, con desaliento—, es mejor que empieces por el principio.

El aludido asintió.

—No es largo —dijo, roncamente—. Es todo demasiado corto. Me casé joven. No había tenido un hogar, jamás. Criado como hijo adoptivo de unos señores que se preocuparon sólo de mi mente, me quedaba el vacío de una vida emotiva que no pude disfrutar.

Guardó silencio.

Los tres se hallaban sentados.

Sandra, con las rodillas pegadas a él.

Helen, sin soltar aquellos dedos crispados que se perdían en los suyos como desvalidos.

—Quise a mi mujer. ¡Nunca había tenido un hogar! Era delicioso poseerlo y saber que, después de la larga jornada de trabajo, alguien te quería, te esperaba.

Se mordió los labios.

Miraba al frente, con expresión casi extraviada.

Helen dijo, quedamente:

—Sigue, Simon. Me parece que necesitas desahogarte. Que te han maltrado, pero aún no comprendo por qué no puedes ejercer una carrera que has estudiado.

14

Miraba al frente.

Se diría que sus ojos, de aquellas nebulosas se convertían en dos centelleantes estrellas. Sí, necesitaba decirlo a alguien. Tanto tiempo guardándolo para sí solo.

Ni a su mujer le pudo decir nada.

Estaba seguro de que ella jamás se enteró.

—Ejercía y tenía mi clientela. A fuerza de sacrificios y sinsabores logré montar mi clínica. Ganaba dinero. Bastante. No había tenido hijos porque no los deseaba mientras no consolidara mi situación económica —su voz se apagaba y se alteraba por momentos—. Ya veía mi horizonte muy despejado. Solíamos irnos el fin de semana, fuera... Era divino todo aquello. Un día nos fuimos, como tantos otros. Tuvimos un accidente aparatoso. Yo salí ileso, pero mi esposa sufrió un grave percance. De modo que la llevaron a un hospital donde estuvo entre la vida y la muerte más de dos meses. El día que la vi regresar a casa me sentí muy dichoso. Era buena, mi mujer. Muy buena. Los dos nos llevábamos bien. No es que nuestro amor fuese demasiado fogoso; pero los dos teníamos lo que nos había faltado siempre. Comprensión, tolerancia, un hogar tranquilo.

Volvió a guardar silencio.

Parecía que algo se le metía en la garganta porque su voz se enronquecía.

Las dos mujeres no perdían ni sílaba.

—No noté nada. Nada en absoluto. Después, sí, pensé que era debido a su carácter. Tan pronto estaba contenta como triste, como melancólica, como saltaba de alegría. ¡Dios mío!; yo, médico, y no me di cuenta. Pero no caí en la cuenta de lo que ocurría. ¿Para qué voy a entrar en detalles? Mi mujer, en el hospital, se había habituado a la droga.

—¡Dios santo!

—¡Oh, Simon...!

Él sonrió.

Una mueca.

Amarga y patética.

Alzó los brazos y los dejó caer pesadamente a lo largo del cuerpo.

—Cuando me di cuenta, era demasiado tarde. La interné y allí estaba cuando me prendieron...

—¿Qué dices? ¿Qué culpa tenías tú?

—Hacía más de dos años que mi mujer falsificaba mi firma para sacar droga de las farmacias.

—¡Oh, Dios!

—Me juzgaron. Entretanto, loco de dolor y desesperación, me divorcié. Pero tampoco eso servía de nada. Yo no ignoraba que, pese a todo lo que aparentemente pareciera mi mujer, no era muy responsable de ello. ¡Qué sabía ella del daño que me hacía! Y mejor que haya muerto sin percatarse de ello.

—Pero tú podrías justificar… —susurró Sandra, desolada.

Él agitó la cabeza de lado a lado.

—Nunca. No pude nada. Yo estaba deshecho. El colegio me despojó de mi título… Así, sin más. Me dieron por responsable. No admitieron la falsificación de las firmas. Las dieron por auténticas.

—Pero tú exigirías…

—Yo no estaba para nada. Cuando intenté recuperarme, defenderme, ya estaba despojado de mi título, prohibiéndoseme terminantemente ejercer de nuevo… Eso es todo. Después perdí la pista de mi mujer. No me interesaba, así de indignado estaba y era lógico, terrible, mi indignación. Pero mi mujer no se curó. Yo creo que nunca se enteró del daño que me había hecho. Andaba sola. De garito en garito. Yo no lo sabía. Ya no era más que mi ex mujer. ¿Y de qué sirvió ello? Empecé a trabajar de todo. Fui camarero, limpiabotas, vendedor de periódicos —de nuevo ocultó la cara entre las manos—. No podía ejercer. Yo era un médico pobre aún, pero vocacional. Amaba mi carrera. Estudiaba y sigo estudiando —sonrió con amargura—. Soy un necio. Un ente absurdo, pero sigo estudiando. ¿Para qué? Para pinchar pieles sarmentosas… Pero es así. La realidad es ésa y no ninguna otra.

Quedó tenso, mirando al frente.

Helen, inesperadamente, se inclinó hacia él y le besó en la frente.

Él la miró, agradecido.

Sandra le pasó los dedos por el pelo.

—Simon, es igual. Eso no te separa de mí. Es lo mismo. Ahora que ya sabemos qué te ocurre, podemos ser felices. Nada lo impedirá. Ni tampoco vas a ejercer de médico si no puedes.

—Es que no puedo, Sandra —dijo él, con amargura—. Me han despojado del título. Me han borrado de su colegio. Todo lo que haga como médico, será terriblemente penalizado. No, nunca, ¡jamás! volveré a ser médico o, por lo menos, ejercer como tal. ¿Qué cosa tengo yo que ofrecerte?

La dama le miró con ternura.

—Tú, hijo, tú. Es suficiente. No valores lo que no vas a tener jamás. Piensa que tienes una vida aquí, junto a Sandra, junto a mí. Que vas a empezar de nuevo. Que esa clínica, un día será tuya, y podrás hacer las veces de médico aunque no te permitan serlo. Piensa eso. Pero dinos, ¿cómo volviste a tu mujer?

—El jefe del hospital sabía lo que me pasaba y me buscó… Se había fugado y yo la busqué. Fue cuando di con Miller y cuando empecé a vivir un poco de nuevo y cuando él, generoso en verdad, se las arregló para sacarme el título de sanitario… ¡Algo es algo! No es lo mío, pero bien se le asemeja. De modo que cuando supe dónde estaba mi ex mujer, le ayudé… Todo lo que pude hasta que murió.

Quedó laso.

Como derrumbado.

La respiración fatigosa.

Tenía los ojos brillantes.

Helen le puso una mano en el hombro, con ternura.

—Te admiro mucho, Simon. Casaros. Silenciosamente, y formad ese hogar que siempre añoraste. Yo estaré a vuestro lado si ambos queréis, y si no queréis… me dejáis sola.

Él la miró largamente.

—No, Helen, no; muchas veces, a solas conmigo mismo, pensé que me gustaría que fueras mi madre —la tuteaba. Helen sintió aún más ternura—. Ahora que ya sabéis lo que yo me callaba, cuánto más… Nos casaremos —miró a Sandra con ansiedad—. Si es que aún me amas, querida.

Ella le apretó la cabeza en su pechó.

—Simon…

—No quiero que esto se sepa. No podré ejercer jamás… Ahí, en esa clínica aún puedo expansionarme… Miller me dijo que pensaba retirarse y me dejaría su clínica. ¡Algo es algo! Y te tengo a ti. A ti…

La besaba en el pelo.

—No lo sabrá nadie, excepto nosotros. Claro, bien decía el doctor…

—No recuerdes eso, Helen —susurró él—. Lo dudé tanto, antes de salir… Pero tenía que hacerlo. El militar se moría…

Helen retrocedió y se fue hacia la puerta.

—Os dejo… Quiero aún decirte tan sólo, Simon, que aquí tienes a tu familia. Ésa de la cual has carecido siempre. Con mis ahorros os compraréis un auto y os iréis de luna de miel, tan pronto os hayáis casado. No importa que no puedas ejercer. Al menos, hoy por hoy y siempre, estarás, en cierto modo, en lo tuyo. Aunque no puedas ser médico y ejercer como tal, algo harás que se le parezca —se acercó de nuevo a él y le besó en la frente—. Gracias por tu sinceridad, Simon. Muchas angustias tuyas se hubieran evitado de haber sido sincero antes. No se puede guardar tanto para uno solo, para uno mismo…

—Gracias, Helen…

—No me las des, hijo. Digo y hago lo que diría y haría una madre. Soy la de Sandra y ella no juega a los cariños. O quiere o no quiere, y a ti es bien cierto que te quiere, por eso yo me preocupé tanto de ti… y de averiguar qué hacías los viernes.

Dicho lo cual, sumamente emocionada, salió.

Hubo un silencio en el pequeño despacho.

Simon se levantó y se quedó enfrente de Sandra. Una Sandra temblorosa, asustada, tierna y apasionante.

Súbitamente, la tomó en sus brazos y le buscó la boca.

Así.

Con la suya.

Ávida, temblorosa, loca de pasión.

—Sandra —susurró.

—¡Oh, Simon, Simon!

Él la doblaba contra sí.

La miraba a los ojos.

—Ya lo sabes todo… ¡Todo! Es triste, pero es la pura verdad.

Sandra le asió la cara entre las manos. Fue ella, cálida, tierna, vehemente, voluptuosa, quien le tomó la boca en la suya.

Largamente, muy largamente…

* * *

Lejos quedaba Helen, triste y feliz a la vez.

El coronel recuperado tenía orden de buscar otra fonda. El catedrático ya se había ido con un familiar.

La casa quedaba sola, en espera del regreso de ellos.

El auto que había comprado Helen se alejaba. Al volante iba Simon sin amargura en la mirada. Sin patetismo…

Y a su lado una Sandra juvenil, bonita y sensitiva, que apoyaba la cabeza en el hombro masculino.

—No lo sientas —le iba diciendo ella, quedamente—. Ya no, Simon. Al fin y al cabo, trabajas en algo bien parecido y mil veces tendrás oportunidad de ejercer tu carrera sin que nadie se dé cuenta.

—No pienso en eso, Sandra.

—¿No?

—No —reía.

Tenía otra risa.

Franca, suave, cálida, sincera.

No había nebulosas en sus ojos.

Había ternura.

Una pasión que no doblegaba.

Soltó una mano del volante y la cerró contra sí.

—Querida… La vida empieza otra vez.

—Quiero conocerte, Simon, aún te conozco poco.

Lo conoció después.

Allí, en un hotel de las afueras. Cálido, en tinieblas, tenue... como algo profundo como él y como ella.

—Sandra, ¿me conoces, ahora?

—Sí..., sí..., sí...

—Quiero que aún me conozcas más.

Y más le conocía.

Era como un dulce desvarío.

¡Aquella entrega!

—A tu lado empezaré de nuevo.

—Sí.

—Y nos necesitaremos ambos, como nos estamos necesitando ahora.

Claro.

¿O no?

No sabía.

Vivía y sabía que lo que vivía era como una locura entrañable y placentera.

Un goce en sus besos, en sus caricias.

Un empezar y acabar y volver a empezar.

—Simon...

—Dime.

No sabía qué decirle.

Por eso él le buscó, de nuevo, los labios.

Jugosos y ávidos.

Llenos de pasión, de ansiedades.

—Cómo eres… —decía él, quedamente.

—Y tú…, tú…

—¿Cómo soy?

No se lo decía.

Se oprimía contra él.

Le besaba, a su vez, en plena boca, y los labios masculinos resbalaban y se perdían golosos en su garganta.

El pasado quedaba lejos.

Allí estaban ambos, sólo ellos.

Solos no. Su pasión entre ambos, y la vivían a borbotones como si tuvieran miedo de que alguien o algo los retuviera, o les quitara aquel placer de poseerse una y muchas veces…

Otros títulos de Corín Tellado en Punto de Lectura

Me dejaron con él

Tras estudiar en la Universidad de Santa Fe, Ingrid Lewis regresa al domicilio familiar en una pequeña ciudad minera, junto a su hermano y su cuñada. Ellos, al igual que el resto de habitantes de Prescott, veneran a Omar Moore, el más poderoso industrial del estado. Y es que, además de rico, joven y apuesto, Omar pasa por ser el modelo ideal de jefe, comprensivo y generoso, y un caballero irreprochable. En definitiva, el hombre que toda madre desearía para su hija. Pero Ingrid, además de haber estudiado psicología, es una mujer independiente y en extremo sagaz. Ella ha percibido en Omar Moore una lascivia y una oscuridad interior inquietantes. Algo que le repugna tanto como le atrae... y que tendrá ocasión de comprobar cuando todos la dejen a solas con él.

Vengas en mí tu dolor

De origen humilde, Alan Gorman es la clase de hombre que se ha hecho a sí mismo. Trabajador honrado, incansable y ambicioso, a sus treinta años es ya dueño de unas importantes minas cercanas a Leeds.

Sus empleados saben que su carácter hosco esconde un corazón de oro. Y aunque todos los potentados de la zona le admiran, unos pocos, llenos de caducos prejuicios, siguen sin aceptarle en sociedad. Pero lo que nadie sabe es que el alma y el orgullo de Alan quedaron mortalmente heridos cuando fue rechazado por Debbie, la primogénita de los Dawson, los más importantes nobles de la zona, amigos suyos de siempre. Ahora, tras años de despecho silencioso, él va a tener por fin la oportunidad de vengar su dolor en Sophia, la hija pequeña.

La pureza de Matilde

Matilde ha crecido en un convento internacional recibiendo una esmerada educación pero aislada del mundo y sus pasiones. Muerta la patriarca de la familia y cumplidos los veinte años es hora de que regrese a la finca familiar en Sevilla. Allí la esperan Jaly, mujer curtida por los avatares de una vida nada fácil, que ejerce de veterinaria, administradora y alma máter del gran imperio patrimonial. Y Carlos Estévez, el legítimo heredero, que ha dedicado su vida a disfrutar del instante y apurar los placeres al límite. La absoluta pureza de Matilde, su sinceridad y transparencia de alma son virtudes a las que Carlos no está en absoluto acostumbrado. La presencia de la joven provocará en su vida una auténtica conmoción y desatará una lucha entre sus más bajos instintos y la catarata de nuevos sentimientos que le provoca la pureza de Matilde.

Te ayudo yo

Ute es una preciosa joven estudiante de veintidós años. La vida le golpea con toda su dureza cuando le arrebata a su novio en un grave accidente de automóvil. Pero las dificultades no han hecho más que empezar: Ute descubre poco tiempo después que está embarazada. Presa de la desesperación y el miedo ante las consecuencias familiares y sociales de su estado le pide ayuda a su amigo y vecino de toda la vida, Alex, quien no duda en casarse con ella para evitarle mayores problemas. Pero cuando se van de viaje de novios una nueva desgracia hará tambalearse sus vidas. Es entonces cuando descubrirán sus verdaderos sentimientos... y la necesidad de afrontarlos.

Se lo cuento a mi amigo

Tati Junquera no es la clase de mujer que se realiza a la sombra de un marido tradicional. Hija de un artista de vanguardia, se ha criado en un ambiente abierto y ha culminado su brillante carrera académica ganando la oposición a Cátedra de Historia en un instituto. Pero Bernardo, su marido, un prestigioso ginecólogo, no asimila esta circunstancia. Él quisiera tener a su lado a una mujer servil y atormenta a su esposa con sus obcecados celos, mientras la engaña con algunas de sus pacientes. Tati se siente decepcionada. Pero el destino le hace un regalo: en el Instituto se reencontrará con Nicolás, un amigo de juventud que ha pasado toda su vida amándola en silencio. Ahora su colega de trabajo será el confidente de sus temores y su infelicidad.

9-7-05